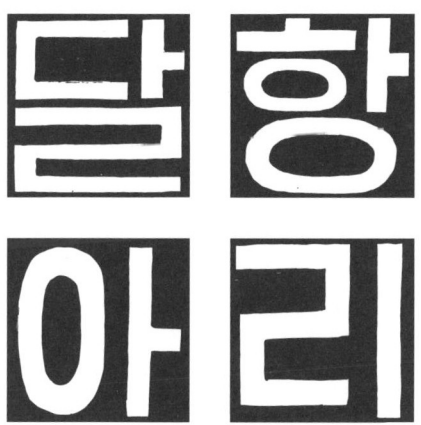

달항아리

강익중

송송

아내 마가렛과
아들 기호,
그리고
나를 길러준
청주 우암산과
이태원 언덕에게

달항아리

초판 2쇄 발행 2018년 7월 17일

지은이 강익중
펴낸이 김송은
디자인 조경규
펴낸곳 송송책방

*파본은 구입하신 서점에서 바꾸어 드립니다.

차 례

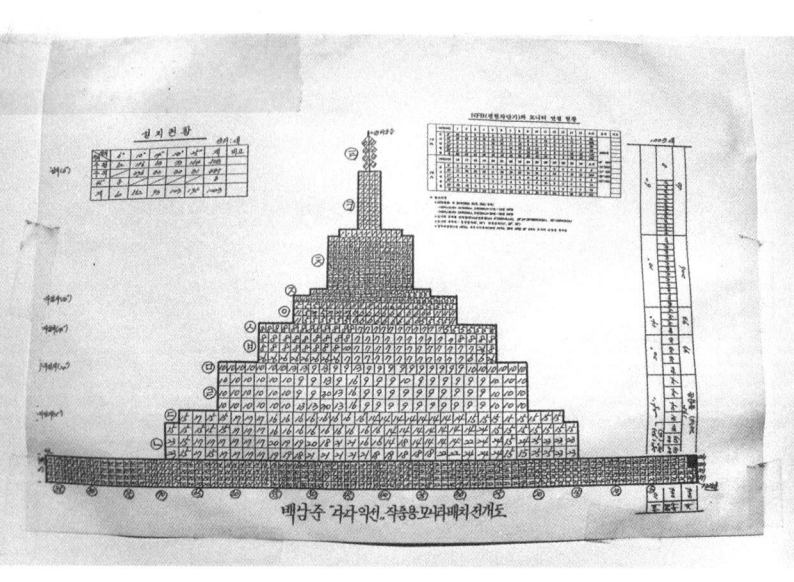

백남준 각각 익선 각층용 모녀배치 전개도

강

내가 강 씨라 그런지
글자 중 강이 눈에 띤다
강강술래엔
강이 두 번 들어가 있다
싸이의 강남스타일
강감찬 장군 밥도둑 강된장
강의실 앞에 강의 중이라고 써 있으면
내 이름인 줄 알고 두 번 본다
미술 전시회 엽서엔
강익중이 늘 앞에 나온다
8살인 우리 집 강아지
이름은 허드슨강
건망증엔 강황이 좋다고
서울서 친구가 보내줬다
강제로 끌려간 사할린 동포와 위안부 할머니
우리는 강으로 나누어지고
강으로 이어져 있다
이별의 강 눈물의 강
기쁨의 강 임진강이다

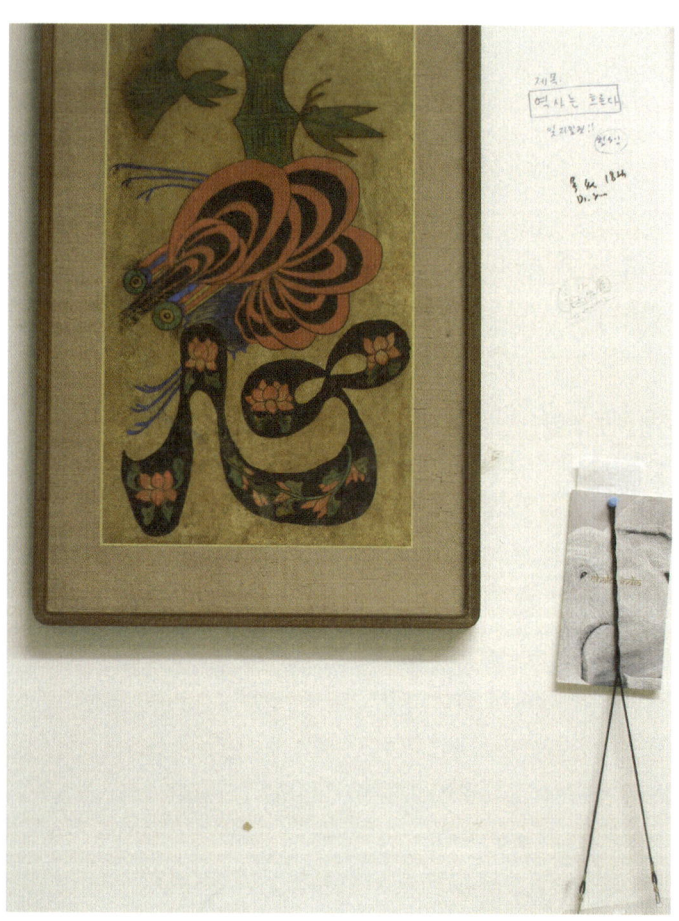

원추리 꽃

분홍색
원추리 꽃
어릴 때
우리 집 마당에서 봤는데
노란색
원추리 꽃
여기 뉴욕의
한적한 시골 길가에도 피었네
나를 따라 네가 왔나
너를 따라 내가 왔나
반갑다
원추리 꽃
나를 알아보겠니?

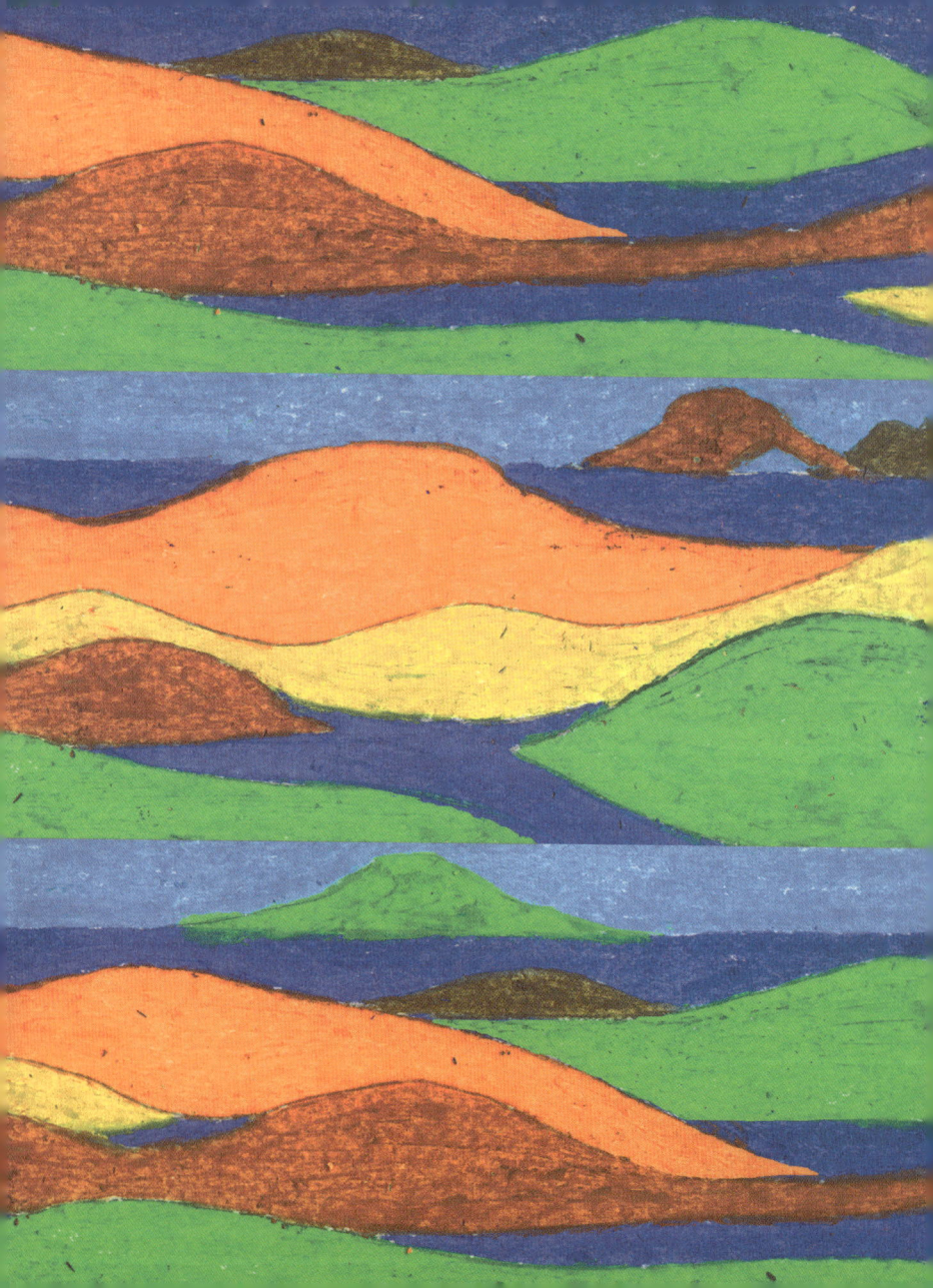

씀바귀 무침

친구가 준
회록색 씀바귀를
끓는 물에 살짝 데치고
조물조물 초고추장으로 버무린다
입에 한 젓가락 넣고 눈 감으면
천상천하 유아독존
나는 어릴 적 집으로 달려간다
온종일 편물 일로 힘드셨는데
울어머니 아직도 부엌에서 일하시네
좋아할 아들 생각하며
조물조물 초고추장으로 버무린다
입에 한 젓가락 넣고 눈 감으면
천상천하 유아독존
울어머니표 씀바귀 무침
이제 찬밥 한 공기면 충분하다
아니 두 공기

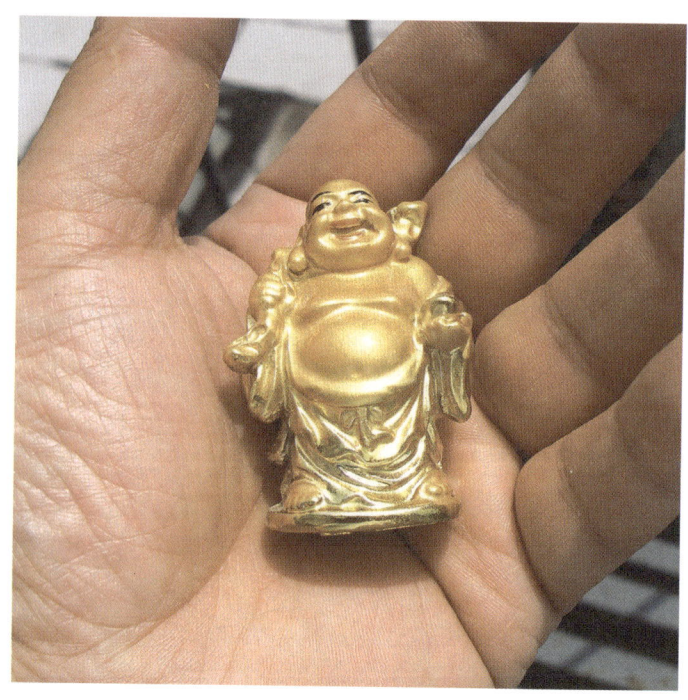

선글라스

선글라스를 썼다가
쑥스러워 다시 벗었다
와 오늘 햇살이 너무 세다
엤다 나도 모르겠다
선글라스를 다시 써보자
근데 내가 아닌 것 같다
빵집에서 아이스커피를 시켰더니
아주머니가 가만히 웃으신다
혹시 내 선글라스 때문인가
1불 더 비싼 아이스커피를 시켜서인가
쑥스러워 다시 벗는다
흠- 내가 아닌 것 같다

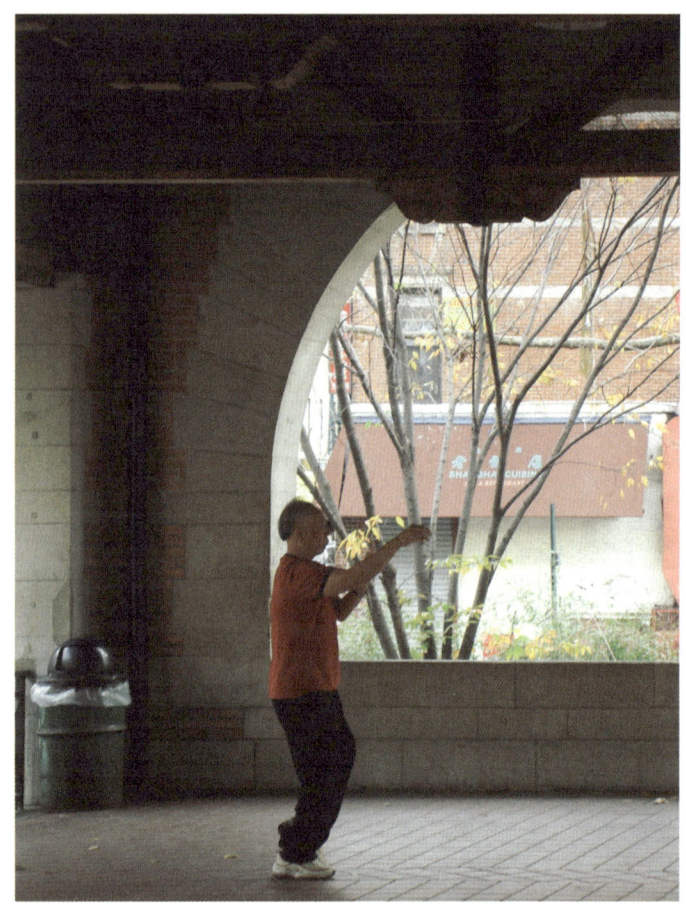

부대찌개

솥뚜껑에
묵은김치를 깔고
떡과 두부 소시지에 미제 스팸
파 송송 한 움큼 미나리 한 접시도
아 참 마카로니를 깜빡했네
육이오 이후 의정부에서 태어났다는 부대찌개
그래서 미국 친구들이 좋아하나보다
깔끔하고 시원한
느끼한데 묘하게 담백한
뭔가 서러운 맛이다
전쟁과 평화가 한 솥뚜껑에서 만난다
여기 라면 사리 하나 추가요
나는 면발이 붇기 전에 끝낸다
그래도 모자라면
찬밥 한 공기에 김가루 참기름
정성으로 볶는다
부대찌개는 종합예술이다
맵고 깊고 슬픈
너와 나의 이야기다

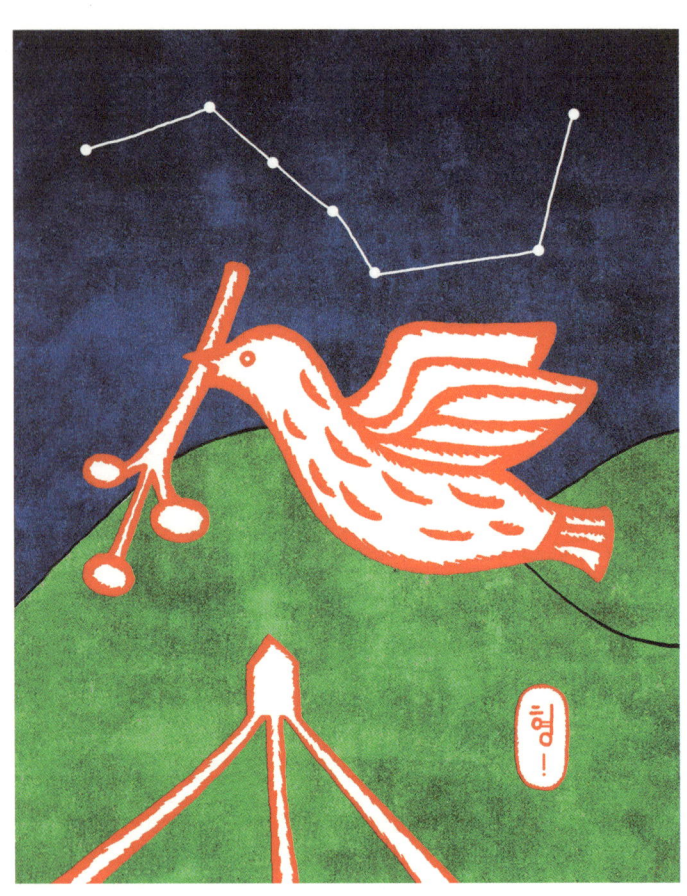

20

양념치킨

속살까지 스민
매콤달콤 양념에
고소한 마늘 향
땅콩이 깨소금처럼 내렸다
요즘 아이들은 좋겠다
옛날엔 시장 통닭이 다였는데
아 사거리 영양센타 통닭도 있었구나
아주 어쩌다 먹을 수 있었는데
그건 다 호랑이 담배 피우던 시절의 얘기
나는 쫄깃한 닭날개부터 잡고
뼈 사이 살들까지 쪽쪽
마파람에 게 눈 감추듯 먹는다
마요네즈 들어간 양배추 샐러드에
내가 좋아하는 치킨무도 있네
난 국물까지 다 마신다
배 터지게 먹는다
여기 치킨무 한 접시 더 주세요
진짜 내일부터
굶는다

각 中

국수

울아버지
국수 엄청 좋아하셨는데
할머니 큰아버지 당뇨로 돌아가신 후
나보고 국수를 멀리하라 하셨는데
먹더라도 꼭꼭 씹고
그냥 넘기지 말라 하셨는데
근데 나는
요즘 하루 세 끼 국수다
젓가락 두 번 만에
국수 반을 그냥 넘긴다
네 번이면
한 그릇이 끝난다
돌아가시기 전
당뇨로 앞도 못 보신 울아버지
죄송해 눈물 나와
마지막으로
국물 한 번 마신다

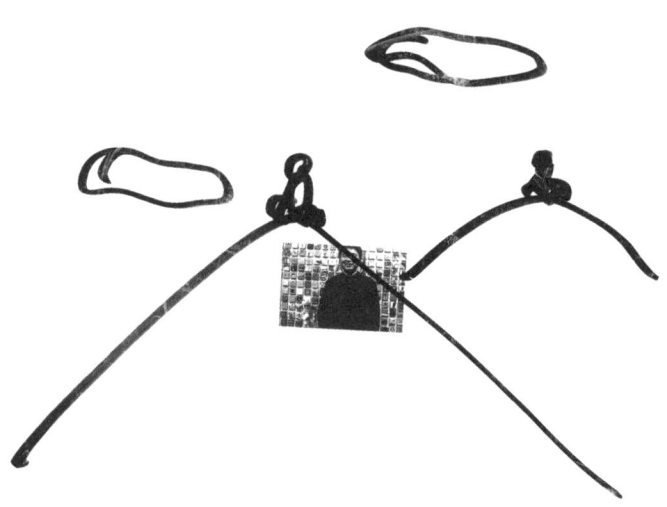

연

오늘처럼
봄바람이 불면
나는 연을 들고
밖으로 나간다
연줄을
당겼다가 놓았다가
내 마음을
당겼다가 놓았다가
……
연줄이 바람을 탄다
내 마음이 봄을 탄다

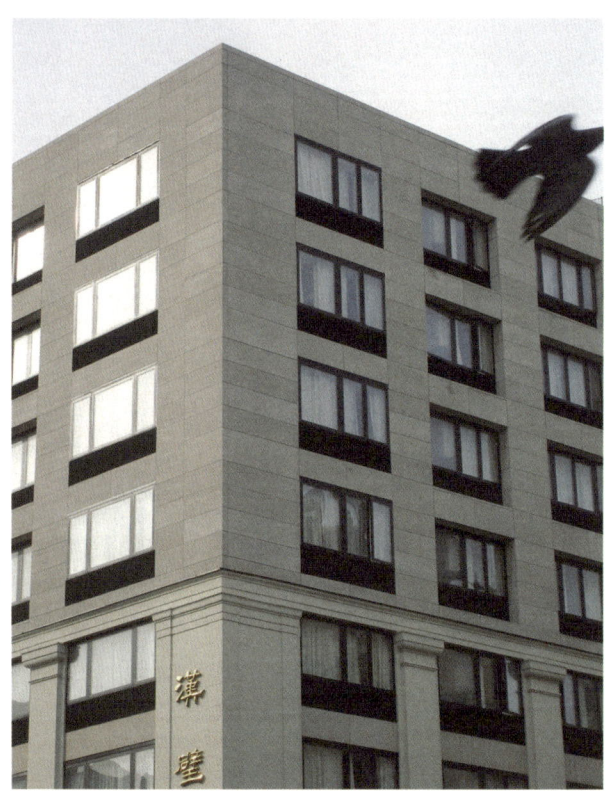

일요일 새벽

일요일 새벽
대부분 잠든 시간
차를 몰고
맨해튼을 달린다
길이 숭숭 뚫린다
확실히
차가 없을수록
도시가 잘 돌아간다
생각이 없을수록
머리가 잘 돌아간다
내려놓을수록
마음이 편해진다
행복해진다

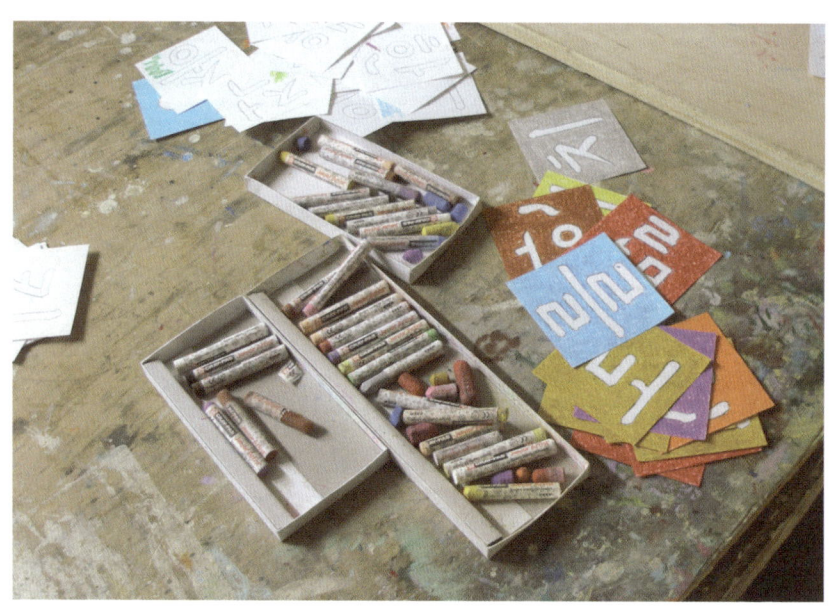

꿈을 꾼다

눈 내리면
김장김치 썰어놓고
고구마를 삶는다
비가 오면
고깔모자 만들어 쓰고
도랑에서 미꾸라지 쫓는다
바람 부는 날이면
처마 둥지에 모여 있는
새들에게 안부를 묻는다
오늘처럼 햇살이 좋은 날은
보리밥에 물 말아 먹고
들꽃 보러 온종일 쏘다닌다
개울물 소리가 어머니 자장가 되고
앞산 노을을 이불 삼아
오늘도
별을 보며 잠이 든다
매일
꿈을 꾼다

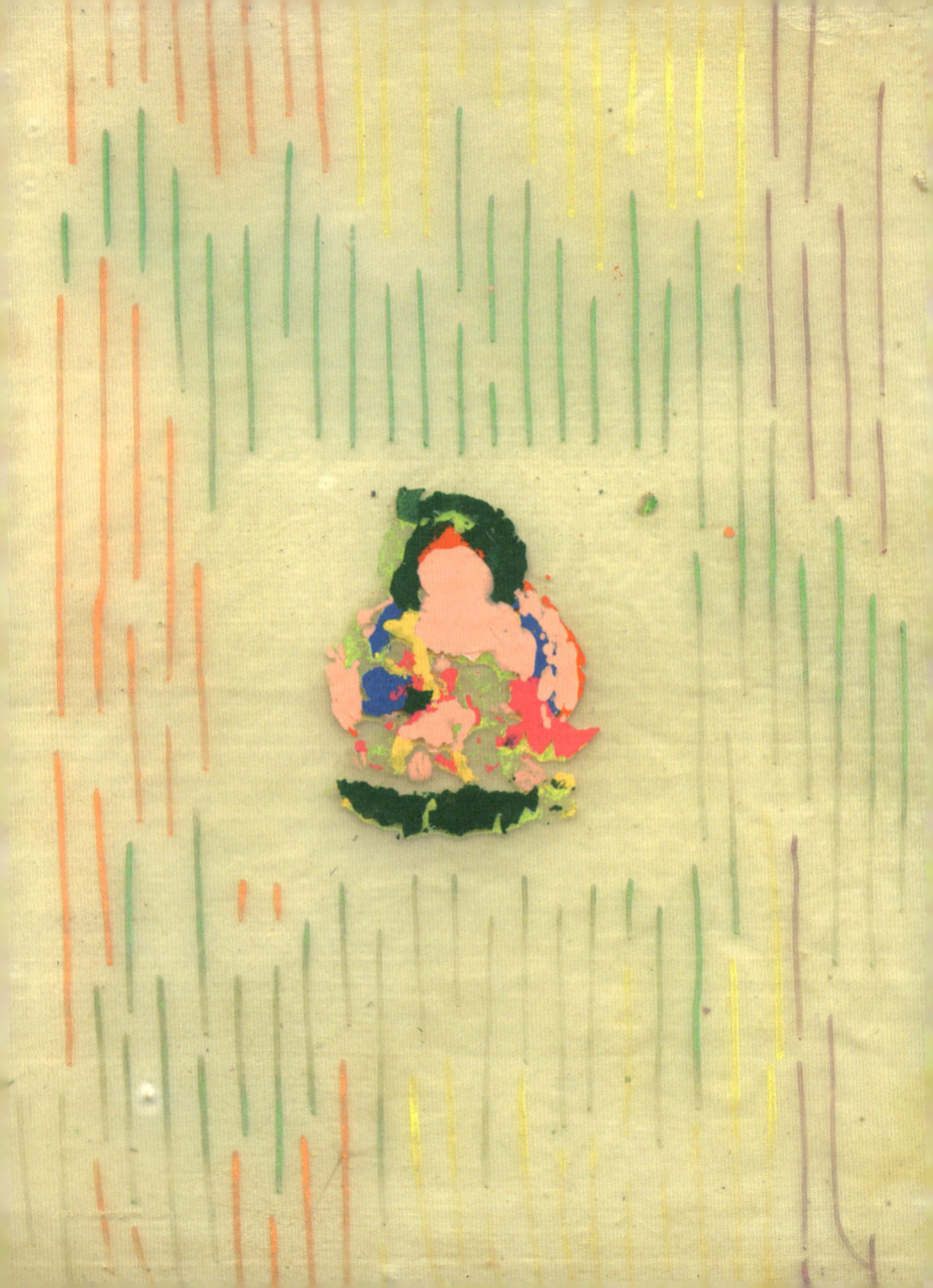

물수제비

친구들과
시냇물에 조약돌을 던진다
통통 튀어 오르다 물속으로 사라진다
던지고 또 던진다
팔이 아플 때까지 던진다
깔깔거리며 웃는다
시냇물 아픈 건 모르고

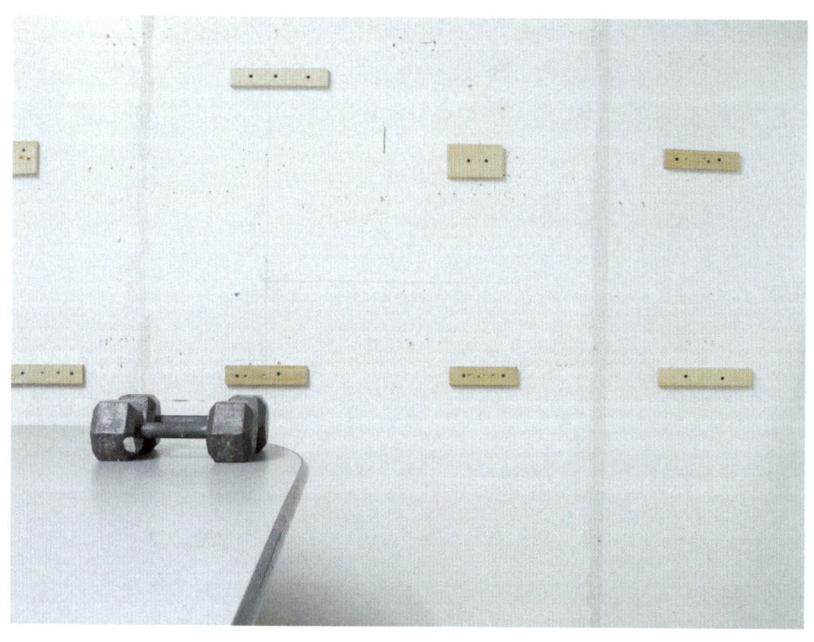

욕심

충분히
가졌으면서도 더 갖고 싶다
먹으면서도 더 먹고 싶다
놀면서도 더 놀고 싶다
보고 있으면서도 더 보고 싶다
행복하면서도 더 행복해지고 싶다
기쁘면서도 더 기쁘고 싶다
건강하면서도 더 건강해지고 싶다
채우고서도 더 채우고 싶다
바로
나

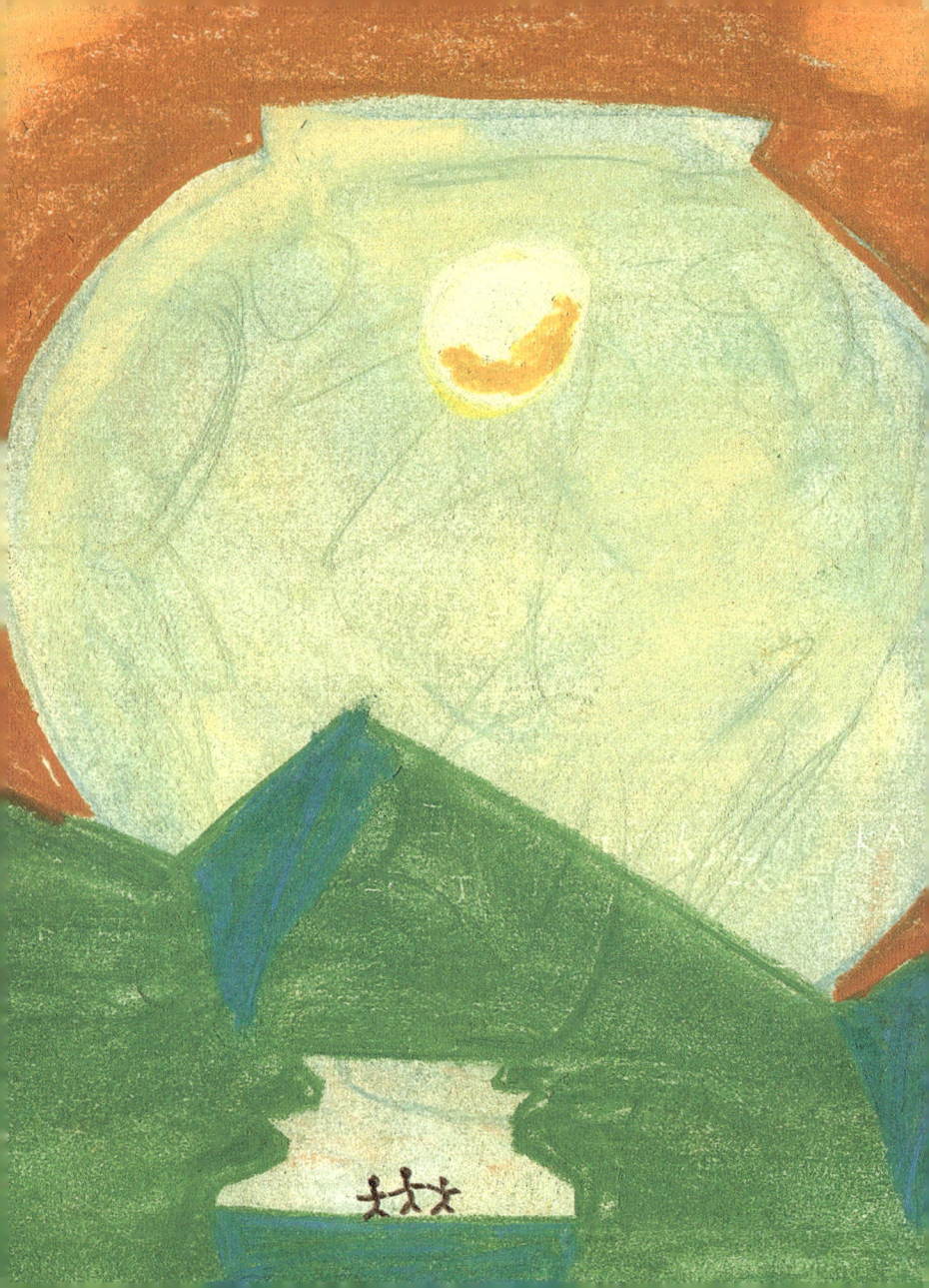

달항아리

화가들은 주로 사람의 앞모습을 그립니다
뒷모습만 그리는 화가도 있습니다
하지만 피카소는 앞과 뒤를 함께 그렸습니다
앞과 뒤가 합쳐져야 한 사람이 되기 때문입니다

시간에서의 앞과 뒤도 우리가 정해 놓은 숫자
과거와 미래도 결국 한 원에서 만납니다
오늘 나는 남과 북이 합쳐져 한 원에서 만나는
둥글고 넉넉한 달항아리를 그립니다

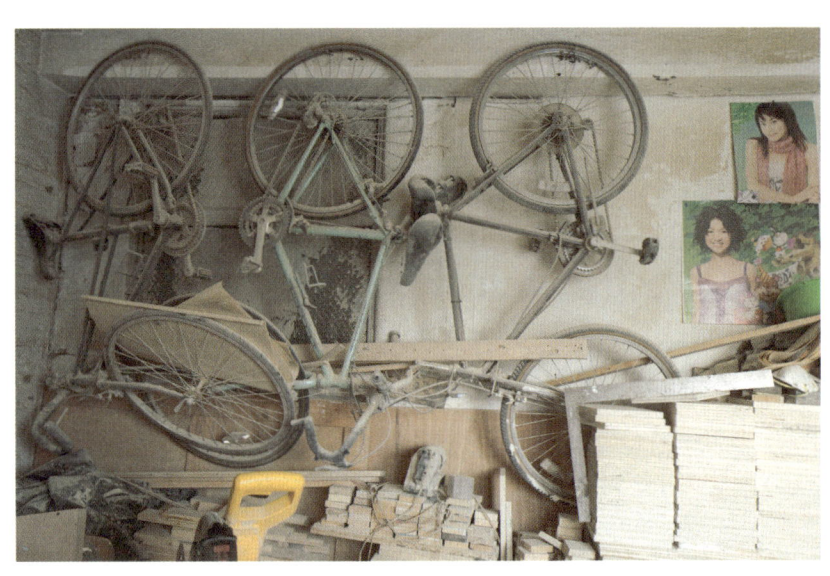

내가 '나'에게 하는 말

인디언들이 말을 타고 달리다가
자주 멈추어 선다는 얘기를 들었지?
너무 빨라 미처 따라오지 못한 '나'를 기다리는 것이래

원하는 것을 얻었을 때
인생이 바뀌는 행복이 올 줄 알았지?
하지만 기쁨은 잠시, 아무것도 변하지 않았어
진정한 행복은 진정한 '나'를 만날 때 오기 때문이야

나 혼자라고 느낄 때가 많지?
세상이 나만 버리고 돌아간다고 생각이 들 때가 있고
중심에 서 있는 주인공인 '나'를 잊었기 때문이야
나는 우주로, 우주는 나로 이미 연결되어 있는데…

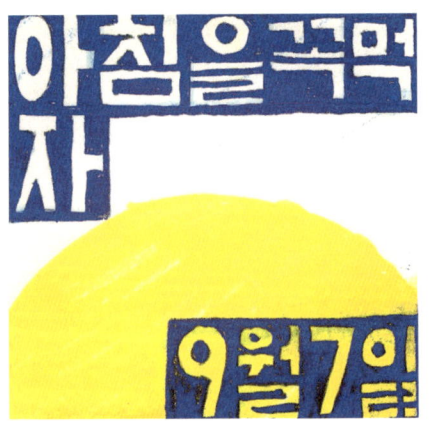

상추

마당에
상추를 심었다
날이 추워져 걱정이다
밤새
상추 꿈을 꾸었다
아침에 달려가 보니
살아났다
나도 살아났다

누구나 누구를 좋아한다

너는 산을 좋아한다
산은 바람을 좋아한다
바람은 꽃을 좋아한다
꽃은 달을 좋아한다
달은 별을 좋아한다
별은 나를 좋아한다
그리고
나는 너를 좋아한다

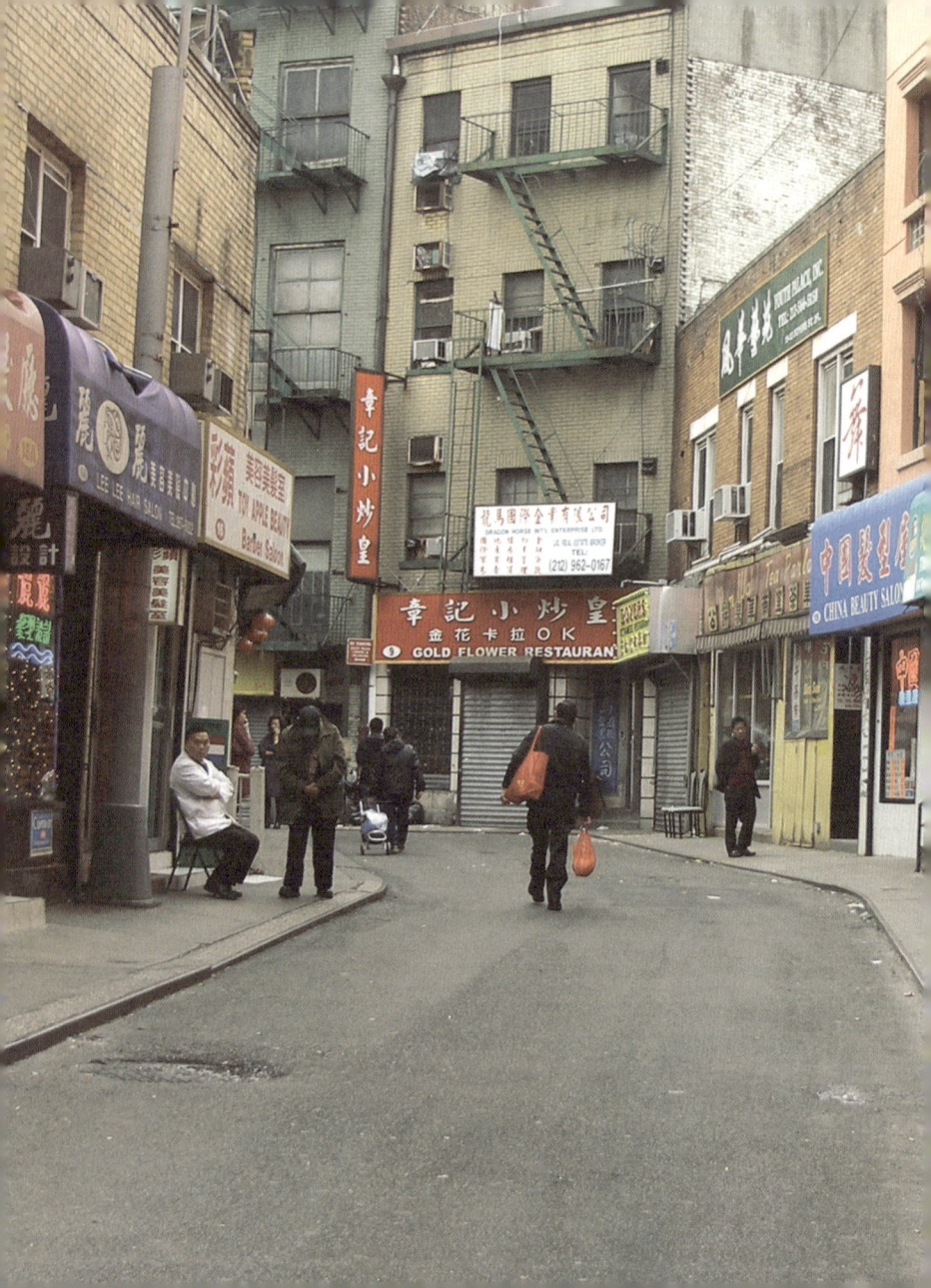

나는 그냥

나는 나무처럼 살고 싶다
나는 산처럼 살고 싶다
나는 강물처럼 살고 싶다
나는 바람처럼 살고 싶다
나는 그냥
사는 날까지 살고 싶다

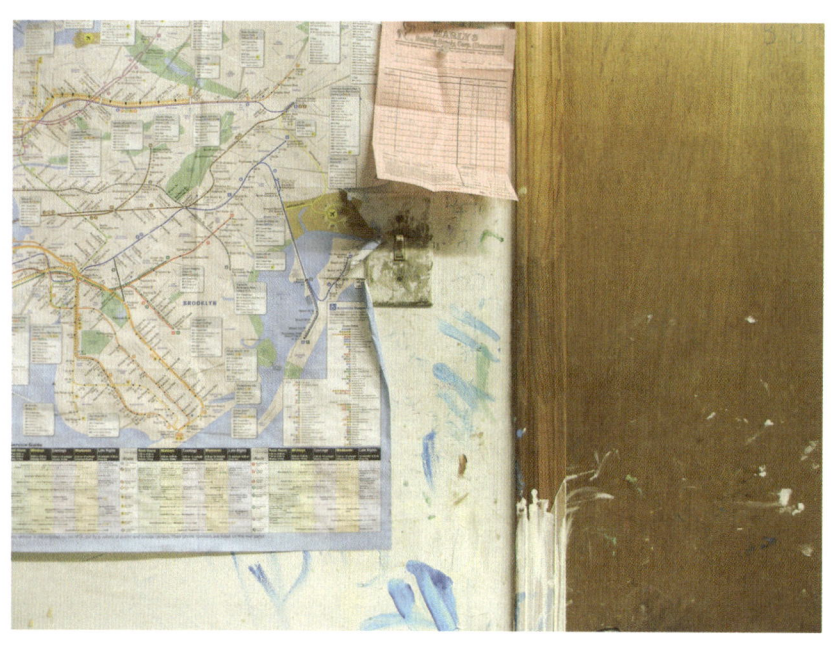

44

7번 전철

짜장면이 먹고 싶은 날
플러싱 가는 7번 전철을 탄다
옛날 짜장면이 그곳에 살아 있다

서울이 궁금한 날
플러싱 가는 7번 전철을 탄다
서울에서 부는 바람이 거기까지 온다

힘들고 지친 날
플러싱 가는 7번 전철을 탄다
채소 파는 할머니와 옆에서 뛰노는 아이가 있다

사람이 그리운 날
플러싱 가는 7번 전철을 탄다
여기 다 모여 산다 온 세상 사람들이

내가 만든 지하철 벽화가 궁금한 날
플러싱 가는 7번 전철을 탄다
길에서 좌판 깔고 장사하더니 징익중 출세했네
히—

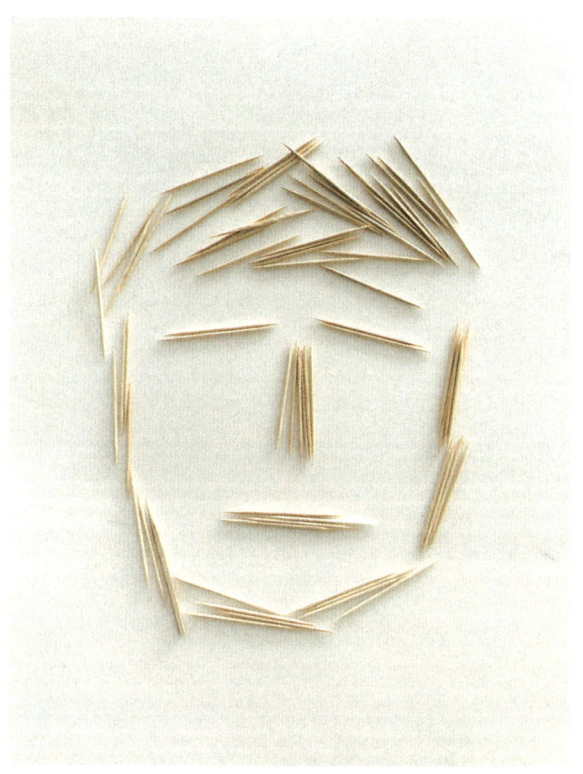

이쑤시개

요즘
이 사이에
뭐가 자꾸 낀다
울아버지 식사하시고
이쑤시개 찾으실 때
왜 그러실까
늘 갸우뚱했었는데
이제 내가 그러네
하늘 가신 울아버지
잘 계실까
요즘도
이쑤시개 필요하실까
아직도
환쟁이 아들 걱정하실까
나 생각나실까
내 시 읽으실까

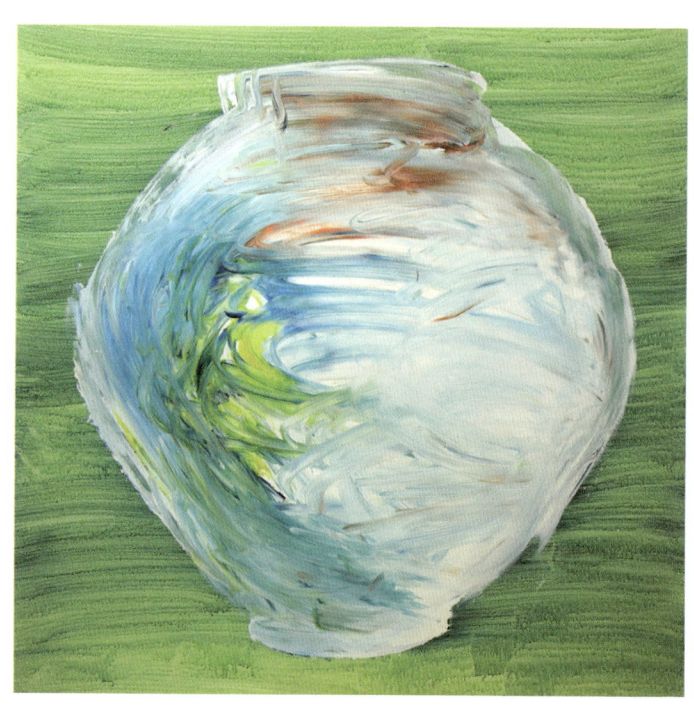

얼음새꽃

오늘
처음 알았다
이른 봄
찬 얼음 밀고
홀연히 나오는
샛노란 꽃이
너 얼음새꽃인 것을

나도
그림에서
나와야 하고
닫힌 나에게서
나와야 하는데
내 안의
얼음새꽃 언제 피려나

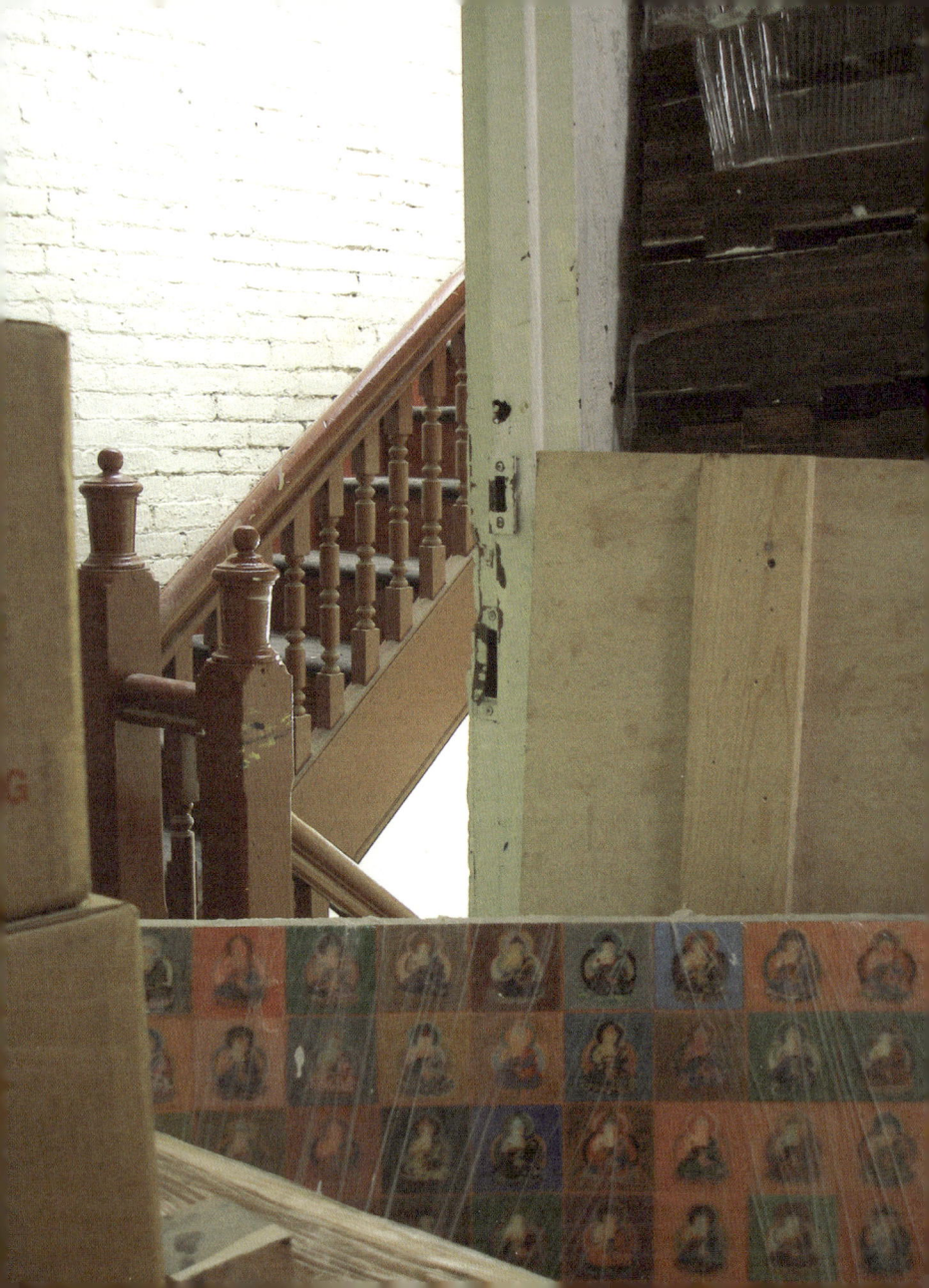

김향안 여사

오늘 뉴욕 업스테이트에 있는 켄시코 공원묘지를 다녀왔다. 돌아가신 김향안 여사가 계신 곳이다. 젖은 흙더미 위엔 먼저 다녀간 누군가의 꽃 한 송이만이 놓여 있었다.

오래전 김향안 여사를 처음 뵌 날 할머니라고 불렀다가 야단을 맞았다. 그 후 나는 그분을 지금까지 사모님이라고 부른다. 사모님께서는 댁에서 몇 블록 떨어지지 않은 센트럴파크에 가는 걸 좋아하셨다. 오늘같이 맑은 날엔 뛰어노는 아이들이 있기 때문이다.

먼저 가신 수화 김환기 선생님과 함께 사용하셨던 맨해튼의 작업실은 40년이 지난 지금도 그대로다. 키 크신 수화 선생님에 맞추어 시멘트 블록이 받쳐진 높은 작업대, 벽에 가지런히 세워진 캔버스 틀들, 수화 선생님이 손수 만들어 주신 사모님의 작은 나무의자…… 주무시던 작은 방에는 오래된 흑백 텔레비전과 여행 가방, 쌓인 책들이 전부이다. 언제 어디서든 가볍게 우리 사는 곳을 떠날 준비를 하신 분이셨다. 사모님을 모시고 파리를 다녀온 적이 있다.

"사모님 이상해요. 한 번도 뵌 적이 없는 수화 선생님 꿈을 다 뀄어요."

"그래? 나는 매일 꿔."

눈이 많이 쌓인 어느 날 사모님과 함께 수화 선생님 묘소를 찾았다. 생전에 선생님께서 즐겨 피우시던 프랑스 담배 고르와즈를 준비하셨다.

"익중아, 네가 불을 붙이고 한 모금 빨아서 눈에 꽂아라."

"못하겠는데요."

"아니, 왜?"

"담배를 한 번도 입에 안 대 봤거든요."

"미친놈."

사모님께서 대신 깊이 빠시고 건네주셨다. 돌아오는 길 사모님께서는 계속 마른기침을 하셨다.

생전에 수화 선생님께서 말씀하셨다.

"나는 외롭지 않다. 나는 별들과 함께 있으니……"
더는 사모님께서는 혼자 작업실을 지키며 먼저 가신 선생님을 그리워하시지 않아도 된다. 그리고 센트럴파크의 벤치에 앉아 학교 수업을 마친 아이들을 기다리지 않으셔도 된다. 사모님께서는 오늘 하늘의 별이 되어 수화 선생님을 만나고 계실 것이다.

사모님, 이제 어디서 무엇이 되어 다시 만나나요?

창 밖엔 별이 보인다. / 2004년

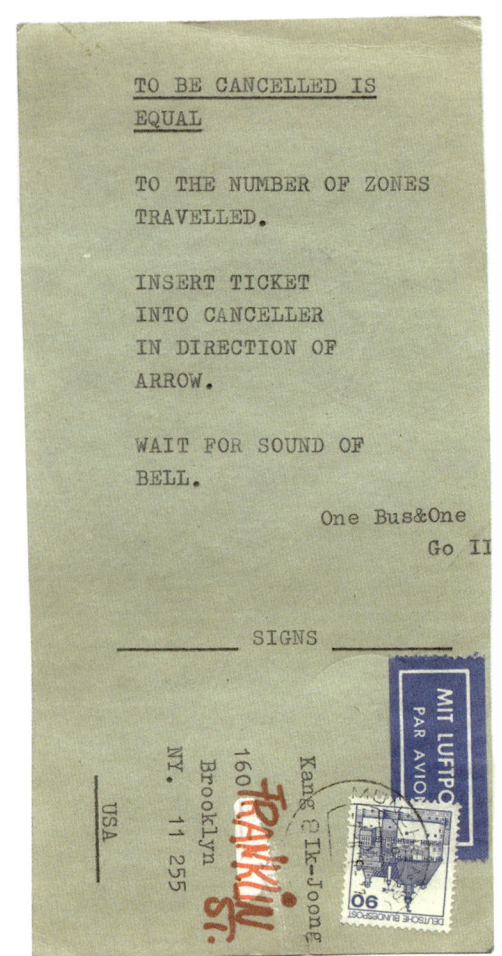

TO BE CANCELLED IS
EQUAL

TO THE NUMBER OF ZONES
TRAVELLED.

INSERT TICKET
INTO CANCELLER
IN DIRECTION OF
ARROW.

WAIT FOR SOUND OF
BELL.

                One Bus&One

                    Go II

———— SIGNS ————

Kang & Ik-Joong
160
Brooklyn
NY. 11 255

FRANKLIN st.

USA

MIT LUFTPO
PAR AVION

나만의 꿀팁

지하철에서 나와 방향을 잃었을 때
원래 생각했던 쪽의 반대로 걸어가면 된다

낯선 사람을 만나 시선을 어디 둘지 모를 때
그냥 그 사람의 오른쪽 눈을 보면 된다

갑자기 저녁노을이 보고 싶을 때
맨해튼 남쪽에서 스태튼 아일랜드 가는 페리를 탄다
공짜다

인생이라는 강을 헤엄쳐 건널 때
좋은 친구와 좋은 스승이 있다면 완영完泳 성공이다

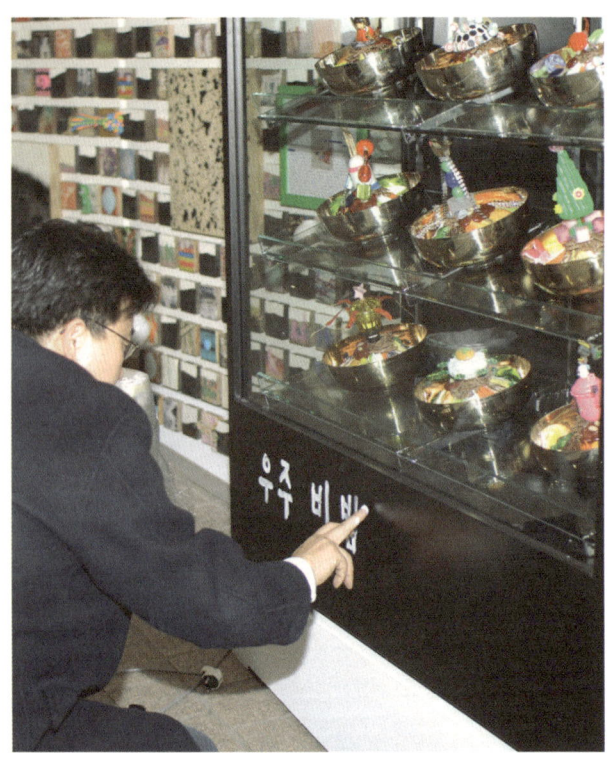

비빔밥

비빔밥엔 뭘 넣어야 해?
미국 친구가 물어본다
어떤 때는
보리밥에 열무김치
어떤 때는
찬밥에 각종 봄나물
현미에도 돼?
그럼
아무 밥에 너 좋아하는 것 넣고 비벼
이래도 비빔밥 저래도 비빔밥
쉽지?
이게 바로 비빔밥이야
근데 밥과 고추장은 꼭 있어야 해
사랑과 정성은 꼭 있어야 해
앗, 참기름도!

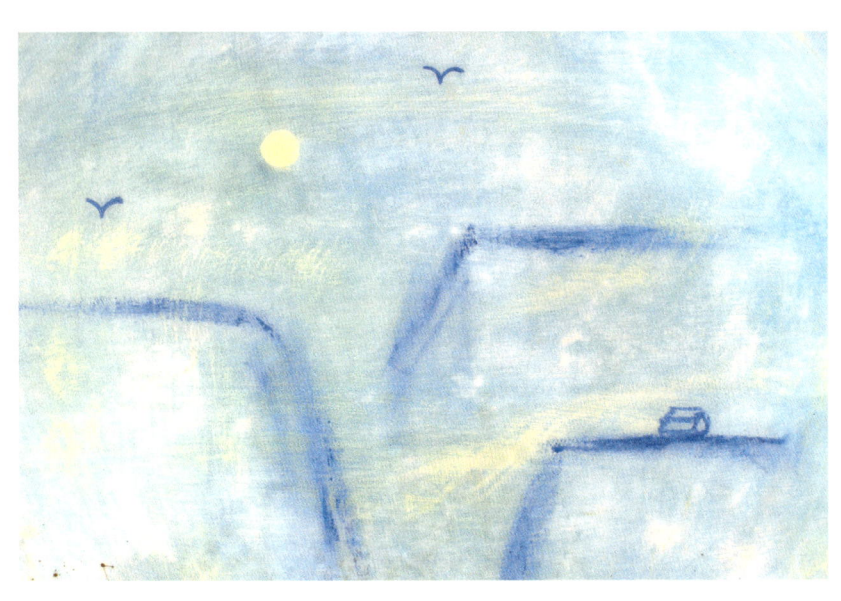

58

걷다 보면

걷다 보면 알게 된다
원래 내 것은 없다는 것을

걷다 보면 듣게 된다
나뭇잎에 떨어지는 빗방울 소리를

걷다 보면 느끼게 된다
마음이 잔잔해야 내가 보이는 것을

걷다 보면 보게 된다
폭풍 직전의 연한 청록색 하늘을

걷다 보면 맡게 된다
비 뿌린 흙바람에서 고향 냄새를

걷다 보면 만나게 된다
함께 걸어가는 내 안의 나를

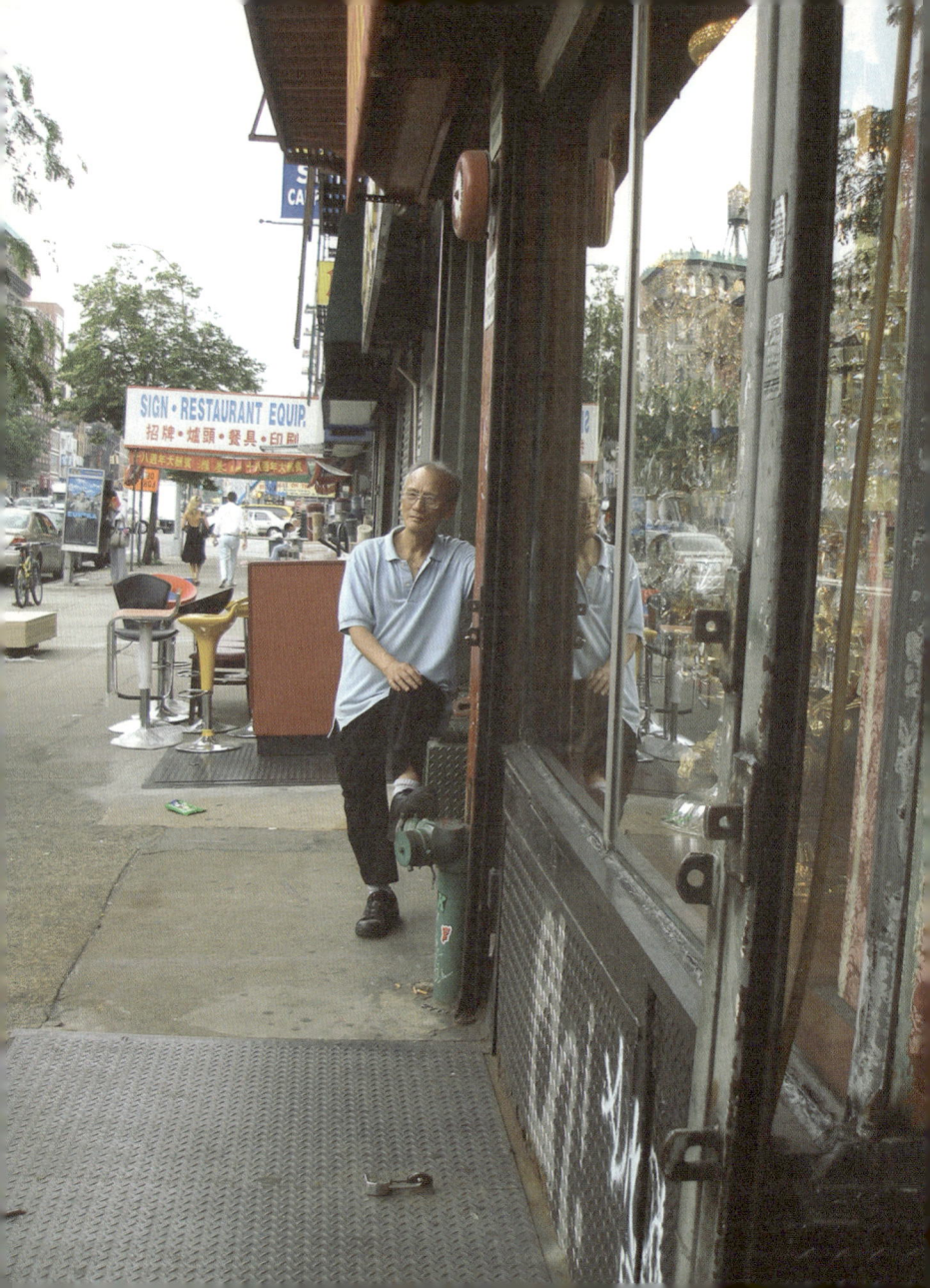

길

생각을 걸어넣고
길을 걷는다
부는 바람
내리는 햇살
크고 작은 풍경들
아이들의 웃음소리
귓등 뒤로 사라지면
다시
생각을 내려놓고
길을 걷는다

호는 그냥

이고요

이름은

익 中 입니다

자기소개서

이름은 강익중
호는 그냥입니다
장난으로 지었다가 굳었습니다
떡라면을 제일 좋아합니다
물론 신당동 떡볶이도요
제가 고등학교를 그 동네서 나왔습니다
취미는 걷기
온종일 걸을 수 있습니다
김밥 두 줄만 있으면
중학교 땐 집이 망해 후암동에서 신사동까지
걸어 다닌 적도 있습니다
고향은 청주
하루에 열두 번쯤 생각합니다
나지막한 우암산이 너무 좋습니다
지금 사는 곳은 뉴욕 차이나타운
하지만 갈 곳은 떠나온 곳입니다
저 푸른 곳
어머니가 계신 곳

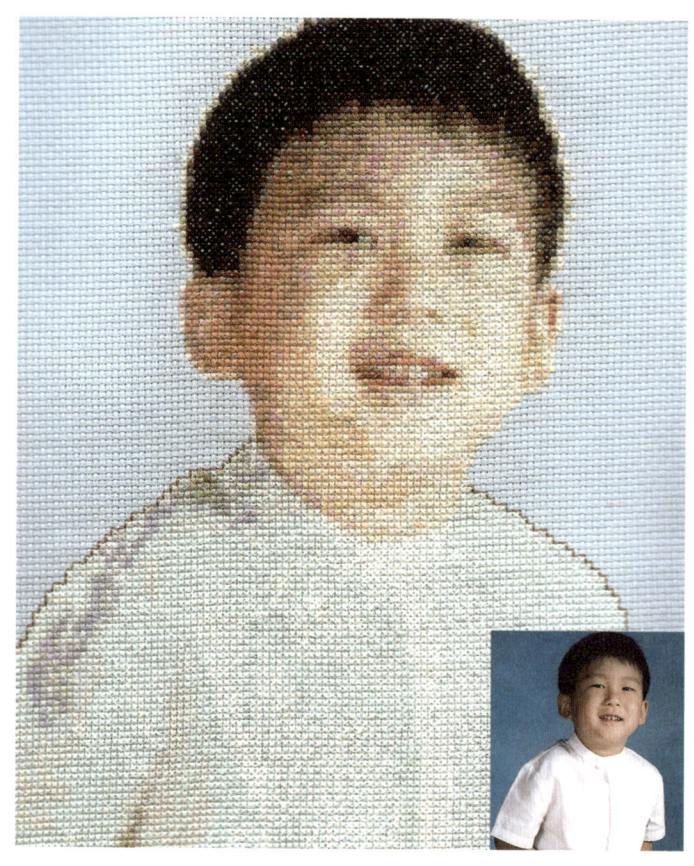

아이들

아이들의 그림은 작은 창이다
멀리서는 아무것도 볼 수 없지만
몇 발자국만 다가서면 온 마을이 보인다

아이들의 생각은 작은 꽃씨다
짝짝짝 칭찬에 훨훨 날아서
여기저기 온 집안에 자랑으로 내린다

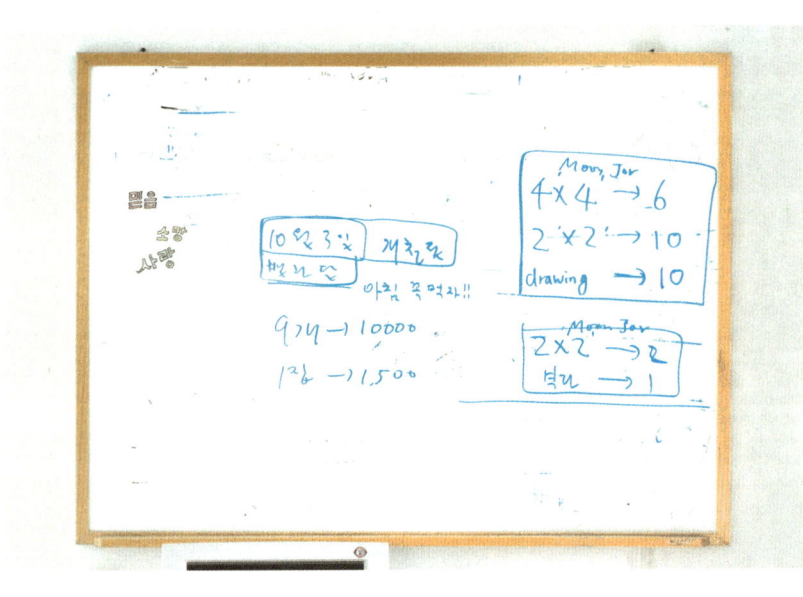

10원23% 계절보

배정보

아침 꼭 먹자!!

9개 → 10000

12개 → 1,500

Moon Jor
4×4 → 6
2×2 → 10
drawing → 10

Moon Jor
2×2 → 2
밤2 → 1

나는

나는 착한 그림이 좋다
나는 편안한 그림이 좋다
나는 그냥 그림이 좋다

나는 착한 사람이 좋다
나는 편안한 사람이 좋다
나는 그냥 사람이 좋다

나는 착한 세상이 좋다
나는 편안한 세상이 좋다
나는 그냥 세상이 좋다

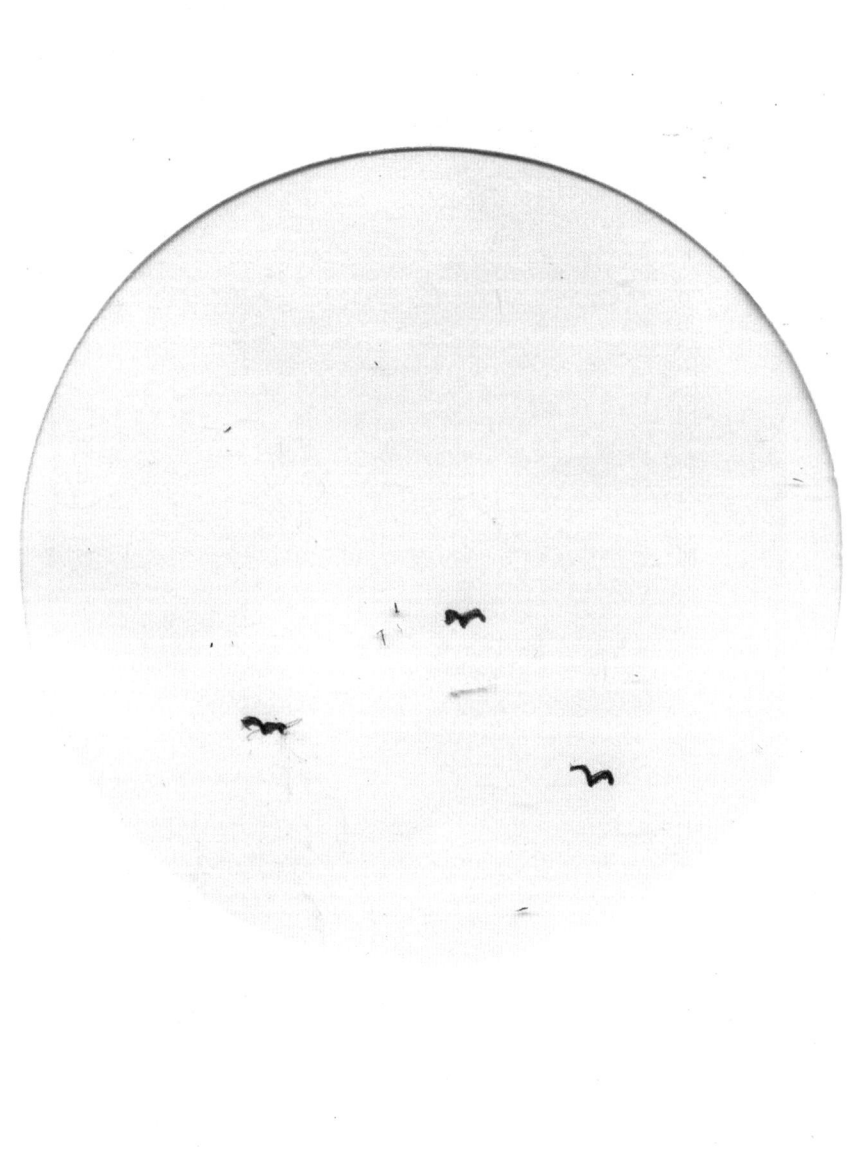

사실

토끼는 천둥소리를 제일 무서워하고
우리 아부지는 이잣돈을 제일 무서워하셨다

감기가 올 때 헤어드라이어로 5분 동안
목 뒤를 따뜻하게 해주면 좋고
잠이 안 올 때 책을 거꾸로 들고 읽으면 좋다

사람들이 나를 자꾸 강익준이라고 부르고
네를 넵으로 설거지를 설겆이라고 쓴다

마음은 비우고 비워도 다시 채워지고
욕심은 채우고 채워도 다시 비워진다

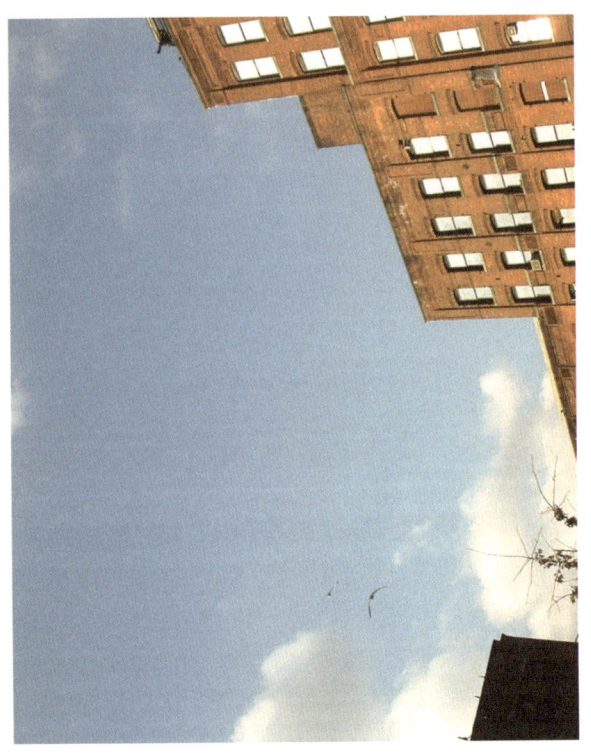

만남

산과 물은 경계로 만나고
미래와 과거는 현재로 만난다

시와 바람은 노래로 만나고
가을과 코스모스는 휘파람으로 만난다

정직과 소박함은 행복으로 만나고
봄나물과 초고추장은 보리밥으로 만난다

The Bridge of
DREAM
IK-JOONG KANG
2002

그곳뿐이다

힘들어 위로가 필요할 때
청주 우암산 언덕길을 올라가 본다
명암약수길 진달래 보고 짜글이집 파절이
다들 청주가 예전만 못혀라고 하지만
그래도 갈 곳은 그곳뿐이다

뛸 듯이 기뻐 참기 힘들 때
이태원 경리단 골목길을 찾아가 본다
아까시나무꽃 붉은 당길 쌀 한 봉지 심부름하던
어머니는 이태원 생각도 하기 싫다시지만
그래도 갈 곳은 그곳뿐이다

The Bridge of DREAM
IK-JOONG KANG 2002

남북의 조카들

지금도
남과 북에서 조카들이 태어나는데
우리는 이름조차 모르는구나

살다 보면
아픔이 없는 집안이 없다지만
우리의 아픔은 너무 깊고 너무 서럽다

더는 미루지 말고
만나서 얘기하고 손잡아보자
아이들아 미안하다 꼭 안아보자

(Vietnamese)

min garden → clement 2nd Av.

Camitas Sopes
Cielito Lindo Taqueria
3805 Foothill, oakl (510) 532-0636

Spagetti western   height and   near fillmore
                              good breakfast

Thai Re
12th
fo

Steamed Mussels in a Light
coconut — curry sauce   (Aiola)
469 Bush, SF   (415) 249-0900

Bunyol de Bacalla (salt cold cakes with cilantro—m
Timo's at the Zanibar)
842 Valencia, SF   (415) 695-7887

moked Trout Salad
upper's)
475 Filmore, SF. (415) 474-3773

Nocchi with Gorgonzola sauce
affe Macaroni) 59 columbus SF• (415) 956-9739

Josht Navratan (lamb curry)
Mooghul Indian Restarant)
956 1/2 Lombard, SF (415) 928-3868

pinach Risoto with Main Shrimp (Geordy's)
ne Tillman palace, SF (415) 3

버스 여행

뉴욕에서 멀지 않은 필라델피아에 대학 동창이 살고 있다. 특별히 약속하지는 않았지만, 그냥 오늘 아침 집 근처 차이나타운에서 필라델피아를 가는 버스에 올라탔다. 왕복 4시간이라 밀린 **빨래**를 하듯 쌓아둔 생각들을 정리하기에 좋은 시간이다. 사실 이 글을 이 버스 맨 앞자리에 앉아서 쓰고 있다. 시간에서의 앞과 뒤는 우리가 정해 놓은 숫자, 과거와 미래도 결국 한 원에서 만난다고 생각하니 버스 안 특유의 매캐한 냄새와 함께 오래전의 기억이 더 선명해진다.

'와! 엄청 싸다! 자판기 콜라값이 35센트야!' 아이다호 감자로 유명한 보이지 정거장에서였다. 1984년 봄의 일이다. 버스로 여자친구를 만나러 뉴욕에서 버스로 시애틀을 다녀오겠다고 하니 모두 말린다. 심지어 버스 매표소 아주머니도 "엄청 멀어! 왕복 일주일이 넘는데 괜찮겠어?"라며 걱정스러운 표정으로 승차권을 건네준다.

맨해튼 42번가에서 떠난 버스는 목적지 시애틀까지 모두 35번 정거장에 섰다. 워낙 먼 거리이다 보니 4~5시간 정도 주행을 한 후 새로운 운전사로 바뀐다. 뉴욕을 떠난 지 이틀 후 솔트레이크 근처에 있는 소금 호수를 지나갔다. '무슨 호수가 가도 가도 끝이 안 보이네.' 나중에 찾아보니 제주도 크기의 두 배가 넘는다고 한다. 해가 저물 무렵 들판에 붓으로 점을 찍어 놓은 것처럼 저 멀리에 검은 언덕이 보였다. '아니 저게 뭐지?' 버스가 가까이 가자 검은 언덕은 수천 마리의 검은 소들로 변했다. '와! 아마 만 마리도 넘겠다!'

척 보기에도 버스 승객 대부분은 나처럼 형편이 그리 넉넉해 보이지 않았다. 남루한 복장을 한 아저씨가 비닐로 싸인 짐을 좌석 위 선반에 꾹꾹 끼워 넣는다. 앉으면서 나와 주위 사람들에게 밝게 인사를 건넨다. 자신을 사냥꾼이라고 소개한 할아버지는 내릴 때쯤 갖고 있던 사냥잡지를 나에게 선물로 주었다. 네브래스카주의 작은 마을에서 인디언 일가족이 버스에 오르더니 화장실 옆 맨 뒷자리에 길게 자리를 잡았다. 엄마는 아이들이 보채자 조용히 하라고 계속 나무란다.

유타주의 주도인 솔트레이크를 지날 때는 남학생 한 명이 내 옆에 앉았다. 봄방학이라 부모님이 계시는 새크라멘토로 가는 길이라고 한다. 나중에 그곳을 지나게 되면 꼭 자기 집을 방문하라고 하면서 삶은 달걀 두 개를 건네고 버스에서 내렸다. 늦은 저녁 이름 모르는 마을을 지날 때 불 켜진 거실 식탁에 온 식구가 둘러앉아 있는 모습이 보인다. '맞아! 밥을 함께 먹어서 식구라 부르는구나.'

나처럼 무식하게 버스로 미국의 동서를 횡단하는 사람은 아마 없을 것으로 생각했었는데, 웬걸 맨 앞에 앉으셔서 뉴욕부터 한 번도 내리지 않은 할머니 한 분이 있었다. 콜로라도주의 작은 마을을 지나자 버스가 텅텅 비었다. 할머니가 뒷자리에 앉았던 나를 앞쪽으로 오라고 손짓을 한다. 할머니 옆에 앉으니 어디서 왔으며 무슨 일을 하는지 묻더니 내가 미술을 전공하는 학생이라고 하니 의외라고 생각했는지 엄청 놀란다. 가지고 간 스케치북을 보여드리니 원더풀을 거듭 외친다. 할머니는 고향이 보스턴인데 아직 미국을 구석구석 다녀 본 적이 없어 캘리포니아에 사는 손자를 보러 가는 김에 비행기 대신 버스를 타게 됐다고 한다. 연세를 여쭈니 빙그레 웃으며 '구십'이라고 한다. 듣고 있던 운전사도 와! 하고 감탄한다. 이때다 싶어 운전사에게 질문했다. "그런데요. 길이 좁은데 큰 버스를 이리 쉽게 운전해요?" 그러자 그는

"하다 보면 알게 돼."라고 짧게 답한다.

어쩌면 여행은 또 다른 나를 만나러 가는 일인지도 모른다. 버스는 산을 넘고 들판을 지나 크고 작은 마을을 통과한다. 눈비도 만나고 무지개도 본다. 여러 곳에서 온 각기 다른 모습의 사람들이 타고 내린다. 버스가 그들에게는 먼 길을 갈 수 있는 유일한 교통수단이었을 것이다. 새로운 사람이 옆에 앉아 같은 창을 바라보다 목적지에 도착하면 짐을 챙겨 들고 각자의 길을 간다. 일상의 모습이 인생의 여행으로 이어지는 장면이다. 다르다면 우리 인생은 떠날 때 짐을 모두 두고 내리는데 말이다.

시애틀까지의 버스 여행 이후 지금까지 차를 몰고 네 번 미국을 횡단했다. 모두 서부 지역에서의 작품 전시 때문이었다. 자동차에 작품을 가득 싣고 보통 4박 5일을 달린다. 굳이 운전해서 가지 않아도 되지만, 일상에서 잠시 떠나와 낯선 경치를 보며 나를 다시 돌아보는 것이라 직접 운전대를 잡는다. 뉴욕에서 샌프란시스코까지 정확히 3천 마일이라는 것과 로키산맥을 넘기 전에 연료를 충분히 채워야 하는 것도 알게 되었다. 이상하게 그 많던 주유소가 높은 산에만 가면 아예 없거나 일찍 문을 닫는다. 작품의 양이 많아서 제법 큰 트럭을 빌려서 몰고 간 적도 있었다. 처음에는 큰 트럭이라 복잡한 시내를 통과할 때 겁이 났지만, 그때마다 "하다 보면 알게 돼."라는 버스 운전사의 말을 주문처럼 반복했다.

어느새 버스가 필라델피아의 차이나타운에 도착했다. 글쓰기를 다 마치고 버스에서 내리니 마치 타임머신을 타고 방금 대륙을 달려온 기분이다. 정거장에 내리기 직전 친구에게 문자가 왔다. "아이고 미안, 강 화백. 내가 지금 뉴욕에 출장 와 있네."

그때 시애틀에서 만난 여자친구는 그다음 해에 나와 결혼을 해서 지금까지 밥을 함께 먹는 식구가 되었다. 그 시절이 생각나 대학생이 된 아들과 버스를 타고 엄마가 살던 시애틀로 다녀올까 해서 인터넷으로 버스요금을 알아봤다. '아이고, 그동안 왕복 요금이 무려 8배 이상이 올라 버렸네.' / 2018년

(Seated Maitreya)
Three kingdom period, Late 6th Century, Gilt Bronze
(National treasure 78)

Text from the Metropolitan Museum Korean show 1998 N.Y
(Label displayed underneath of Seated Maitreya) 1999 J

This seated Maitreya
in contemplation is one of
the most famous korean
Buddhist statues.
Maitreya, who dwells in
Tushita heaven from
which he will descend
as the Buddha of future,
was thought to hold
the promise of enlighte-
nment for all sentient
beings. The depiction
of this deity in con-
templation derives from
an iconographic con-
vention originally
applied to images of
the historical Buddha
Shakyamuni, whose
contemplation of the
suffering of sentient beings prompted hi prompted
his search of enlightment,

→ The serene express
of the image and th
delicately posed ha
raised to the right
cheek cheek cre
a sense of profound
concentration that i
reinforced by the
slight bend o
shoulders and
the forward-lea
ing position of t
torso.

금동미륵보살반가사유상(金銅彌勒菩薩半跏思惟像) 삼국시대(6세기 말) 높이 83.2cm 국립중앙박물관 소장

금동미륵반가사유상

고요의 숲을 듣는다
듣다가 멈춘다
웃는 나를 만난다
웃는 부처를 만난다

마음의 물을 바라본다
바라보다 멈춘다
웃는 나를 만난다
웃는 부처를 만난다

인연의 끈을 잡는다
잡다가 멈춘다
웃는 나를 만난다
웃는 부처를 만난다

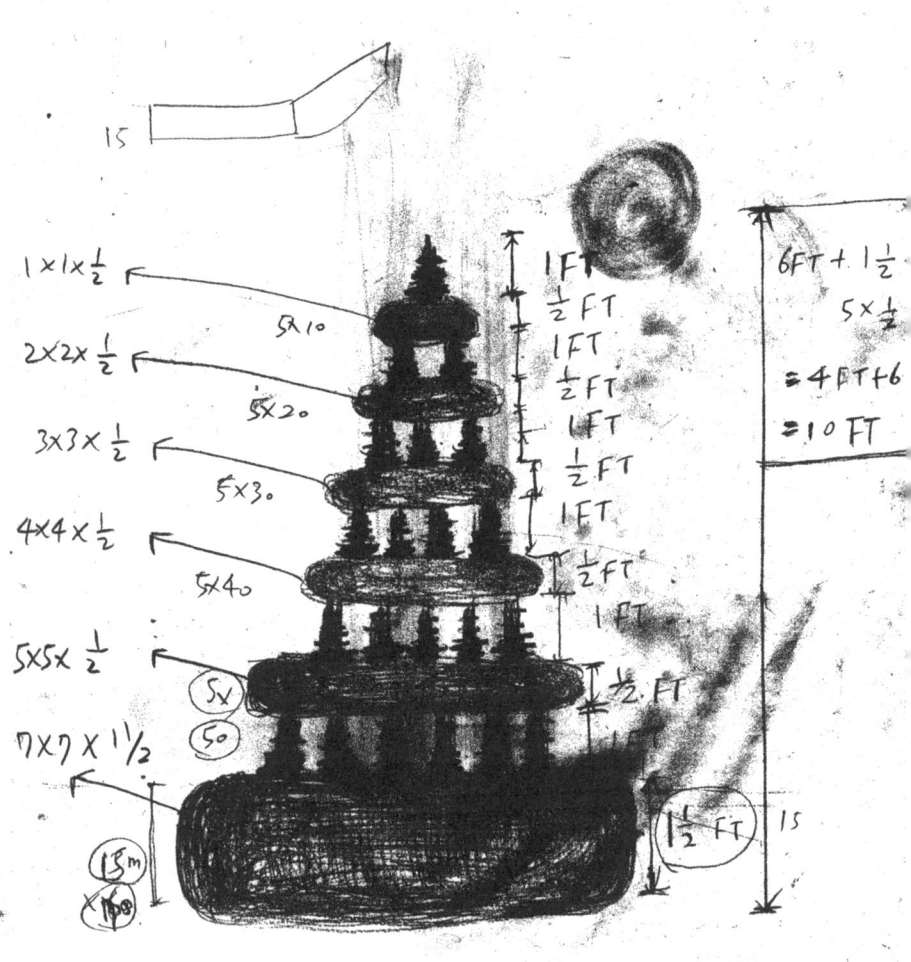

15

$1 \times 1 \times \frac{1}{2}$

5×10

$2 \times 2 \times \frac{1}{2}$

5×20

$3 \times 3 \times \frac{1}{2}$

5×3.

$4 \times 4 \times \frac{1}{2}$

5×40

$5 \times 5 \times \frac{1}{2}$

5×

50

$7 \times 7 \times 1\frac{1}{2}$

15m

100

1 FT
$\frac{1}{2}$ FT
1 FT
$\frac{1}{2}$ FT
1 FT
$\frac{1}{2}$ FT
1 FT
$\frac{1}{2}$ FT
1 FT
$1\frac{1}{2}$ FT

$1\frac{1}{2}$ FT

$6 FT + 1\frac{1}{2}$

$5 \times \frac{1}{2}$

$= 4 FT + 6$

$= 10 FT$

15

바람 물 새

바람이 분다
이른 봄 꽃바람이 분다
어디서 오는지 어디로 가는지
나는 그저 흔들리지 않는 나무이고 싶다

물이 흐른다
산골짝 개울물이 흐른다
어디서 오는지 어디로 가는지
나는 그저 무심한 바위이고 싶다

새들이 난다
점점이 철새들이 난다
어디서 오는지 어디로 가는지
나는 그저 누워 있는 들판이고 싶다

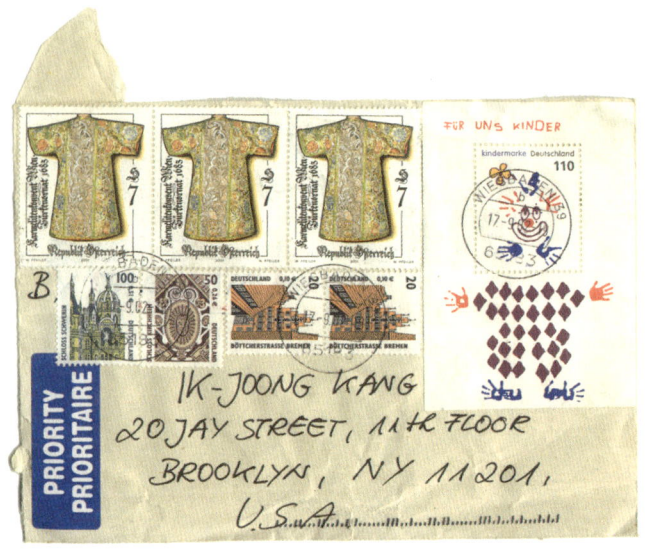

IK-JOONG KANG
20 JAY STREET, 11th FLOOR
BROOKLYN, NY 11201,
U.S.A.

86

바른 마음, 많은 노력

형 바른 마음이 도대체 어떤 마음이야
많은 노력은 또 뭐고
가끔씩 작업실에 들르는 후배가 물어본다
글쎄
나도 잘 모르겠다

요즘 배운 자전거 실력으로 후배와 함께
작업실 동네 한 바퀴를 돌기로 했다
형 넘어지지 않으려면 먼저 자세를 바르게 하고
계속 페달을 밟아줘야 돼
알았어! 고맙다
바른 자세, 많은 페달

STEAMED RICE ROLL

1. Dried ... Rice Roll ... 1.75
2. Fresh Pork Rice Roll ... 2.00
3. Roast Vegetables Rice Roll ... 2.00
   ... Rice Roll ... 2.50

CONGEE (RICE SOUP)

Plain Congee (No Salt) ... 1.75
4. Beef, Squid, Pork Combination ... 3.00
5. Thousand Year Egg ... 3.00
6. Chopped Pork w. Thousand Year Egg ... 3.25
7. Salted Pork w. Pork Meatball, Belly & Liver ... 3.25
8. Pork Special ... 3.95
9. Pork Meatball ... 3.95
10. Pork Special ... 4.00
11. Pork Meatball ... 4.00
12. Roast Chicken Breast ... 4.00
13. Boiled Chicken
14. Sliced Beef
15. Pig's Blood
16. Seafood Fish
17. Fresh Slice Fish
18. Fresh Shrimp

SOUP WITH CHOICE OF NOODLES

Fresh ... Dumplings w. Soup ... 4.00
19. Pork w. Soup ... 4.00
20. Wonton Mein ... 4.00
21. Wonton Mein with Noodles ... 4.50
22. Wonton Balls with Noodles w. Noodles ... 4.50
23. Fish with Noodles Tendon w. Noodles ... 4.50
24. Fish Pork Brisket Medley w. Noodles ... 4.75
25. Roast Beef Tripe Noodles ... 4.75
26. Roast Beef with Noodles ... 4.75
27. Sliced Beef with Noodles ... 5.50
28. Sliced Ball with Noodles ... 5.50
29. Beef Duck Noodles ... 5.50
30. Roast with Noodles Tendon & Wonton w. Noodles ... 5.50
31. Seafood Pig Brisket Tendon & Wontons w. Noodles ... 5.00
32. Seafood Beef Tripe Medley w. Noodles ... 5.25
33. Roast Pork & Wontons w. Noodles ... 5.50
34. Roast Duck & Wontons w. Noodles ... 5.50

LO MEIN HONG KONG STYLE

Lo Mein w. Ginger & Scallion
35. Lo Mein with Mein
36. Vegetable Lo Mein Tendon Lo Mein
37. Stewed Beef Brisket Medley Lo Mein
38. Stewed Beef Tripe Medley Lo Mein
39. Roast Pork Lo Mein

COLD DISHES SERVED ON RICE

Stewed Beef Tripe Medley ... 4.00
50. Stewed Beef ...
51. Roast Pork ... 4.00
52. Roast Duck ... 5.00
53. Roast Sauce Chicken w. Ginger & Scallion Sauce ... 4.00
54. Soy Chicken w. Scallion Sauce ... 4.00
55. Bolted Pig ... 5.20
56. Roast Pig ... 6.50
57. Salt Pork w. Duck Combination w. Fried Egg ... 6.50
58. Roast Pork w. Chicken Combination ... 6.50
59. Roast Pork w. Combination ... 6.50
60. Any Roast Pork ... 6.50

45. Soy Sauce ...
46. Bolted w. Ginger & Scallion
47. Bolted Pig w. Scallion (Served Cold)
48. Salt Chicken w. Ginger & Tendon
    Salt Chicken & Tendon

CANTONESE NOODLES

61. Beef Chow Fun Fun (Curry Seasoning) ... 6.50
62. Beef Chow Chow Mai Fun w. Pickled Vegetables ... 6.50
63. Spicy Beef Chow Fun w. 6.99
    Singapore Mai Fun ... 8.25
    Amoy Chow ... 8.25
64. Beef Lo Mein ... 8.25
65. Beef Pork Lo Mein
66. Roast Pork Lo Mein ... 9.95
    Shrimp Fried Celery Noodles ... 9.95
67. Beef Pan Fried Noodles
68. Chicken Pan Fried Bean Sauce over ... 10.95
69. Chicken Ribs in Black Bean Sauce
70. Spare Ribs in Black Bean Noodles
71. Pan Fried Fried Noodles
72. Chov Suey Pan Fried Noodles
73. Seafood Pan Fried Noodles

Sales Tax Included

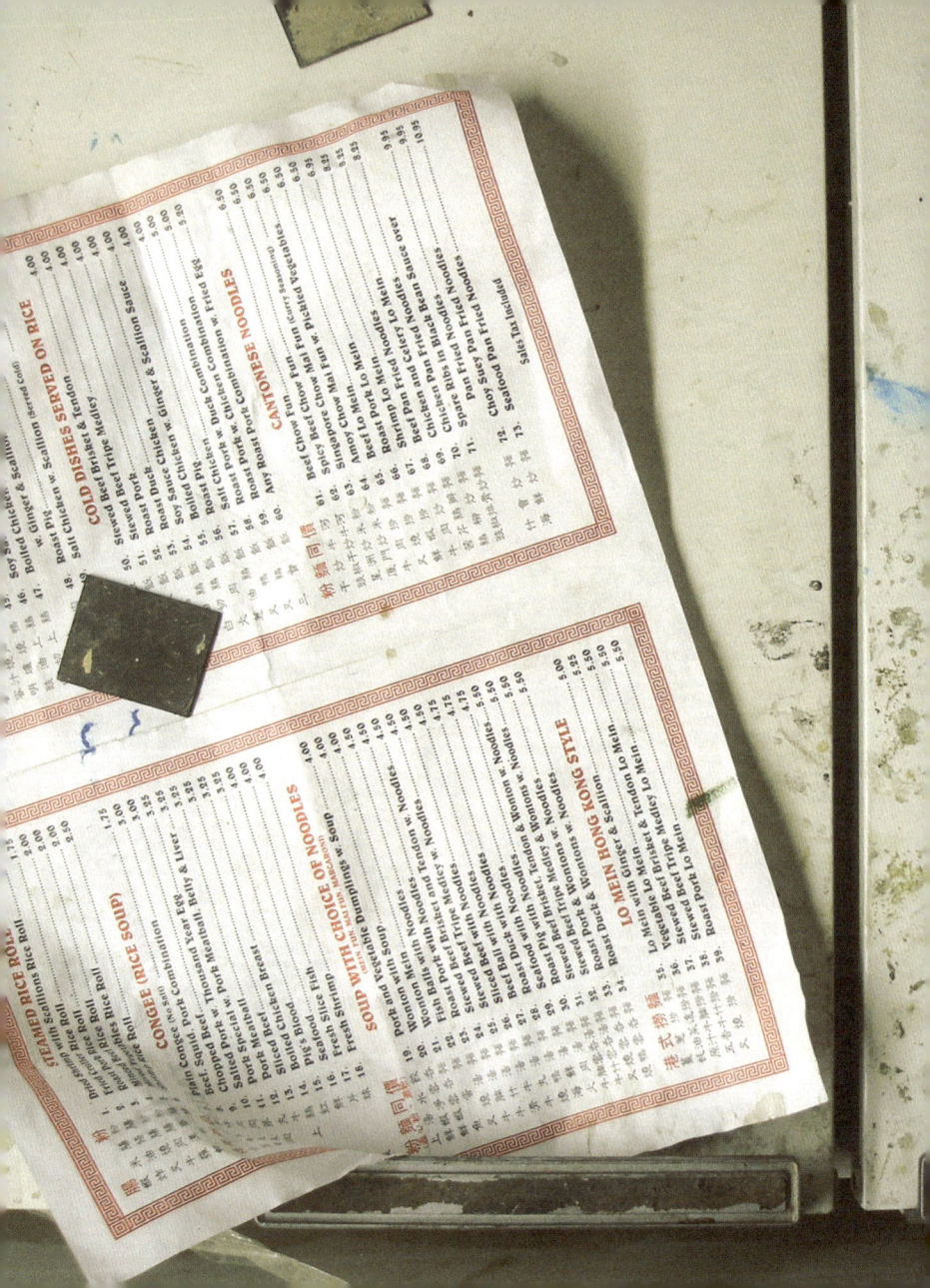

화요 런치클럽

매주 화요일 1시
배고픈 예술가들이
뉴욕 차이나타운으로 모인다
먹으면서 먹는 얘기를 하지만
우리들 입맛은 저렴하고 소박하다
서로 다퉈도 밥은 같이 먹는다
먹다 보면 풀리니까
서로 달라도 밥은 같이 먹는다
먹다 보면 배우니까
벌써 27년째
한때는 열 명도 넘었었는데
남은 사람은 나 포함 단 두 명
매주 화요일 1시
배고픈 예술가 둘이
뉴욕 차이나타운으로 모인다
참 나는
아침은 굶고 나간다

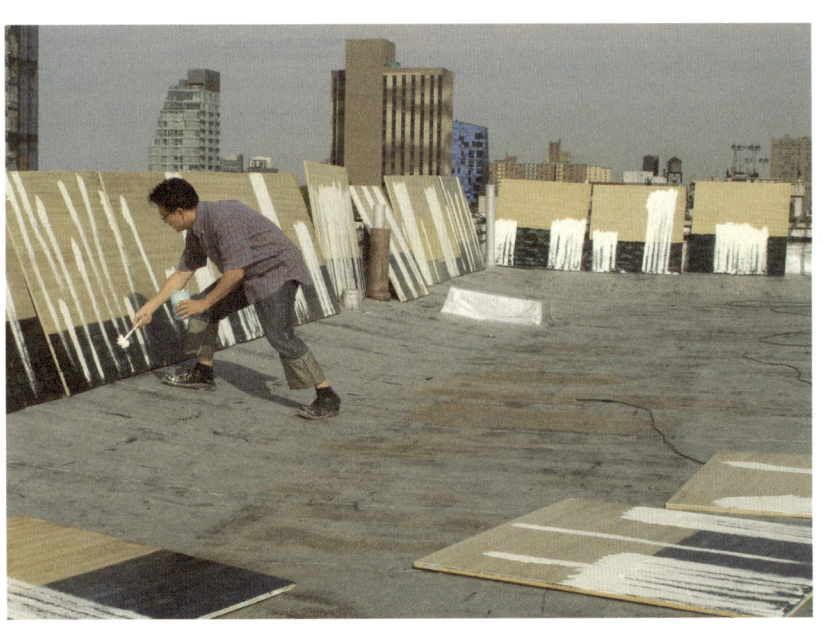

시 그림 바람 나

나는 시가 좋다
나는 그림이 좋다
나는 바람이 좋다
나는 내가 좋다

나는 시가 밉다
나는 그림이 밉다
나는 바람이 밉다
나는 내가 밉다

나는 시를 모르겠다
나는 그림을 모르겠다
나는 바람을 모르겠다
나는 나를 모르겠다

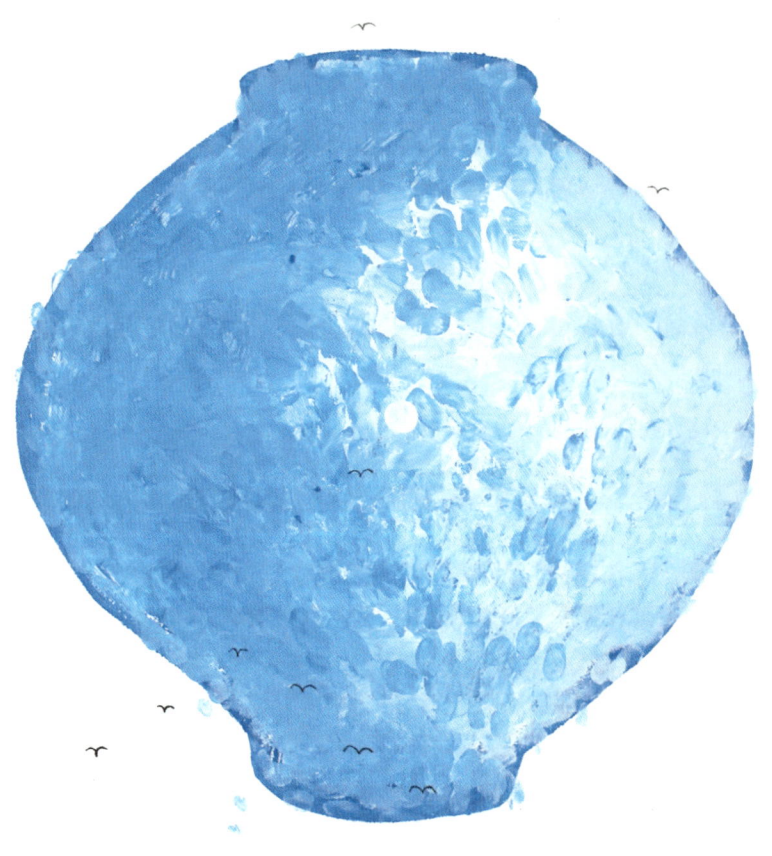

Moon of Dream F 18 A - 2007   IK - JOONG KANG

이런 화가이고 싶다

이런 화가이고 싶다

잿빛 노을에서 어머니 얼굴을 그릴 수 있는

바람에 흔들리는 코스모스와 춤을 출 수 있는

나뭇잎 작은 이슬에서 큰 우주를 볼 수 있는

비 뿌린 흙바람에서 고향 냄새를 맡을 수 있는

붓을 들 때보다 놓을 때를 알 수 있는

정말 필요한 것은 별로 없다는 것에 감사할 수 있는

그런 화가이고 싶다

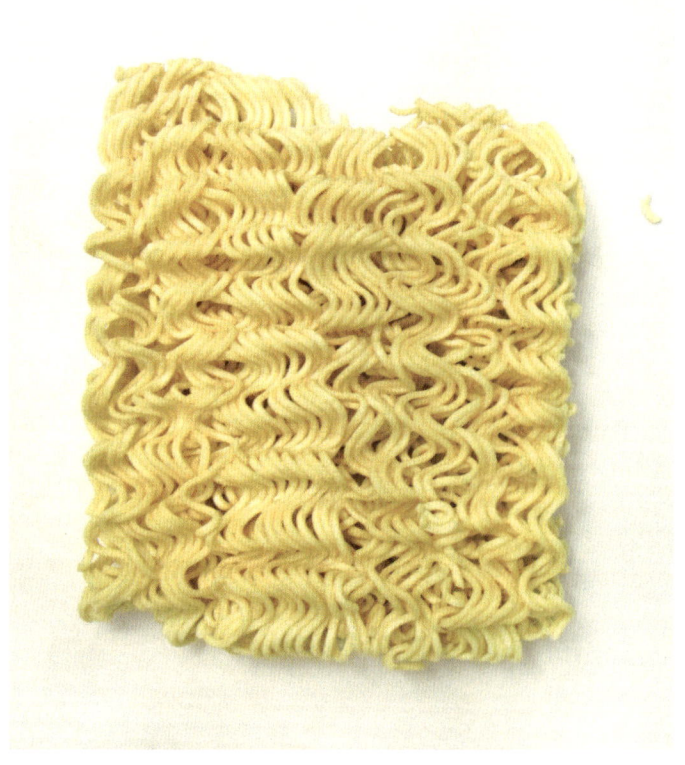

필요한 세 가지

여행할 때
차표와 여비 그리고 라면

산을 오를 때
신발과 지도 그리고 라면

일을 할 때
집중과 이완 그리고 라면

그림 그릴 때
손과 마음 그리고 라면

배가 고플 때
김치와 밥 그리고 라면

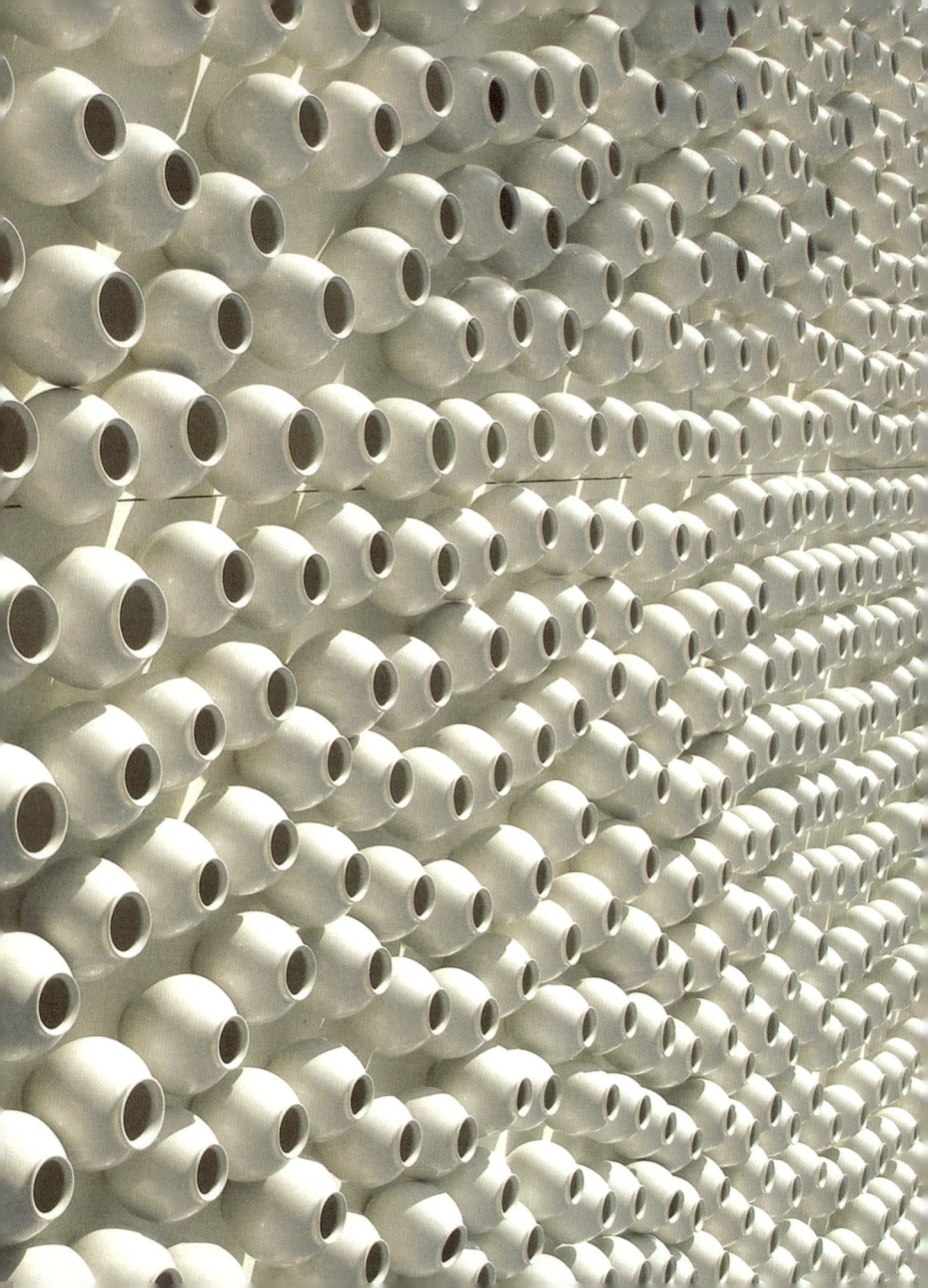

달 그릇

비어 있지만
가득 찬
북풍에도 넘어지지 않는
밟히고 밟혀도 다시 서는
우주를 품고 있는
오천 년의 이야기다

파란 하늘
하얀 달
이지러지고 다시 차는
결결이 쌓인 지극 정성
정화수 떠놓는
어머니 마음이다

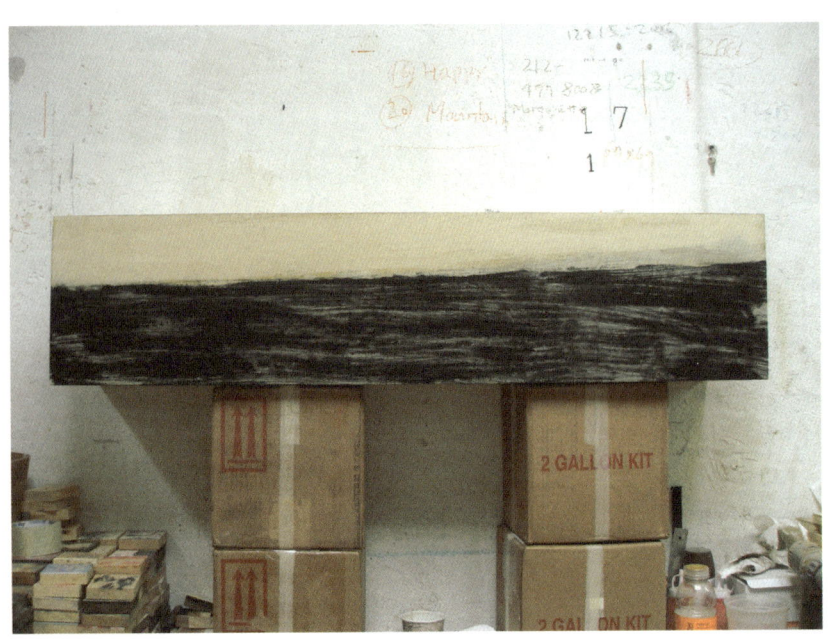

결심

오늘
마음 먹었다
나는
봄 같지 않은 봄을 견디려 한다
그동안
겨울 같지 않은 겨울을 견뎌낸 것처럼

오늘
마음 먹었다
나는
시 같지 않은 시를 쓰려 한다
그동안
그림 같지 않은 그림을 그렸던 것처럼

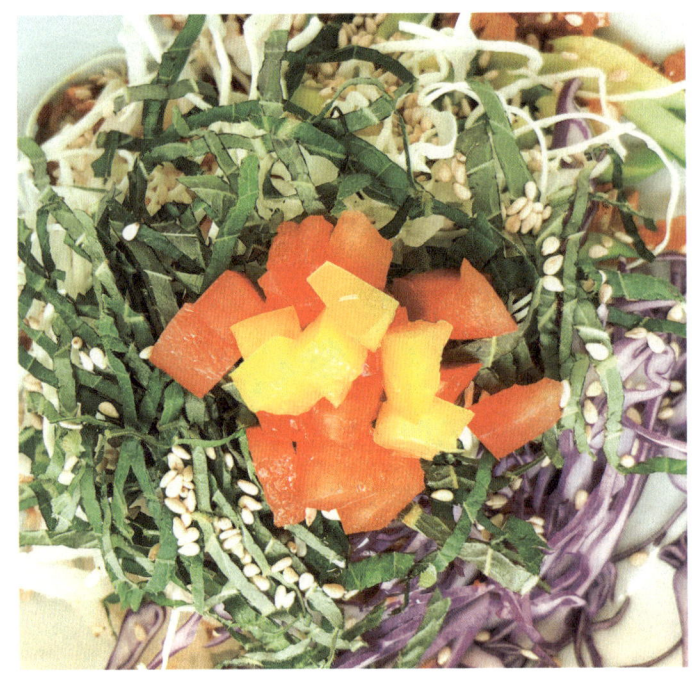

섬진강 재첩비빔밥

아시나요?
꽃처럼 예쁜 밥
섬진강 재첩비빔밥
빨강 노랑 보라색 채소에
새로 나온 봄나물이 살포시
새콤달콤 시골 고추장에
맨 아래엔 살짝 데친 재첩이 가득
참기름 두어 방울
밥 한 공기 투하한 뒤
정성으로 비빈다
사실 난
비빔밥 위에 달걀프라이 올린 건 별로
채소는 또 왜 기름에 볶아서
부엌을 힘들게 하고
싱싱한 채소 왜 풀을 죽여
꽃처럼 예쁜 밥
섬진강 재첩비빔밥
한번 잡숴보세요
참
만 원입니다

pendulous, pendulous, pendulous, 매달린, 흔들 흔들 하는, 마음이 흔들리는, The pendulous chandeliers ▮▮ swayed in the breeze and gave the impression that they were about to fall from the ceiling./ pennate, pennate, pennate, 깃털 있는, 날개 있는, The pennate leaves of sumac remind us of feathers./ peregrination, peregrination, peregrination, 여행 (편력) 하다, His peregrination in foreign lands did not bring understanding; he mingled only with fellow tourists and did not attempt to communicate with the native ▮▮▮▮ population./ perigee, perigee, perigee, 근지점 (달 혹성이 지구에 가장 가까와지는 지점), The rocket which was designed to take photographs of moon was launched as the moon approached its perigee./ peristyle, peristyle, peristyle, 주주식, 열주랑, The cloister was surrounded by a peristyle reminiscent of the Parthenon./ perjury, perjury, perjury, 위서, 위증(죄), 서약을 깨뜨림, 터무니 없는 거짓말, The judge suggested that ▮▮▮▮ the district attorney look into the conflicting testimony of the witnesses to determine whether perjury had been committed./ peroration, peroration, peroration, 열변적인 연설의 결론, The peroration was largely hortatory and brought the audience to its feet clamoring for action at its close./

숨

숨을 쉰다
숨을 듣는다

숨을 쉰다
숨을 따라간다

숨을 쉰다
숨을 본다

숨을 쉰다
나를 본다

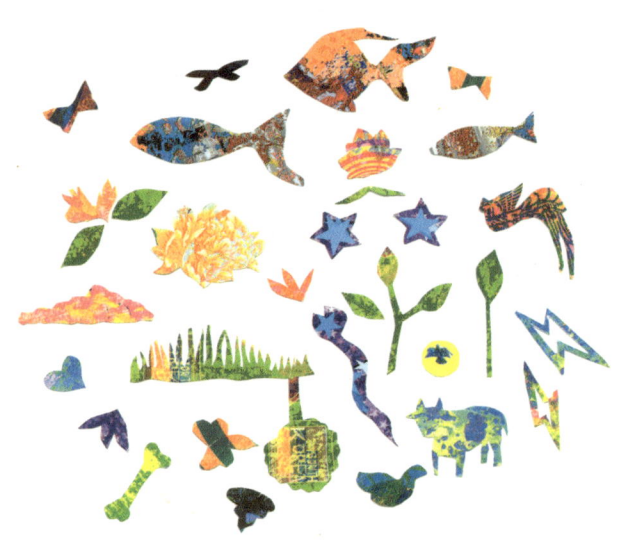

아들 기호에게

무지개가 동그랗고
마당의 돌개바람이 동그랗고
해와 달과 별이 동그랗고
너의 맑은 눈이 동그랗고
봉지에서 꺼낸 라면이 동그랗고
너의 웃는 입이 동그랗고
고향 청주 우암산의 품이 동그랗고
나뭇잎에 내린 이슬이 동그랗고
할아버지 할머니 계신 곳이 동그랗고
나이테가 동그랗고
용서와 화해가 동그랗고
겸손함이 동그랗고
좋은 음악이 동그랗고
시냇물 소리가 동그랗고
'나는 너를 사랑해'라는 말이 동그랗다

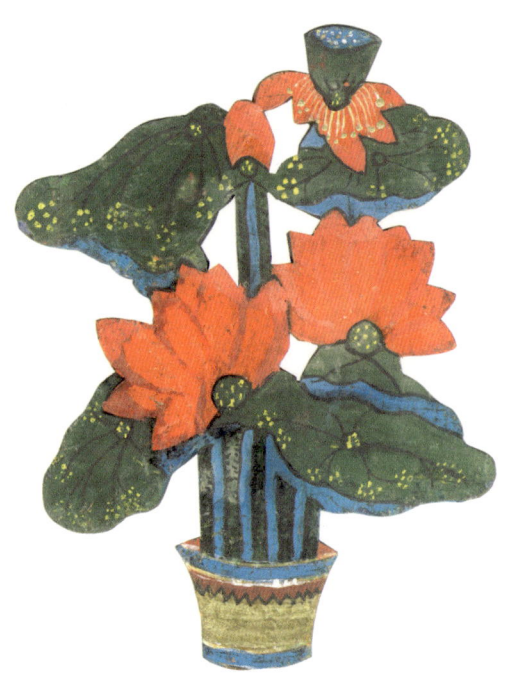

106

행복과 만족

원래
행복과 만족이
같은 말인데
행복은 왠지 모양이 둥그래서
요리조리 굴러다니고
만족은 네모난 모양이라
그냥 그 자리에 서 있을 것 같다
나는 오늘도
만족의 집을 뛰쳐나와
행복을 잡으러 쓸데없이 돌아다닌다
원래
같은 말인데

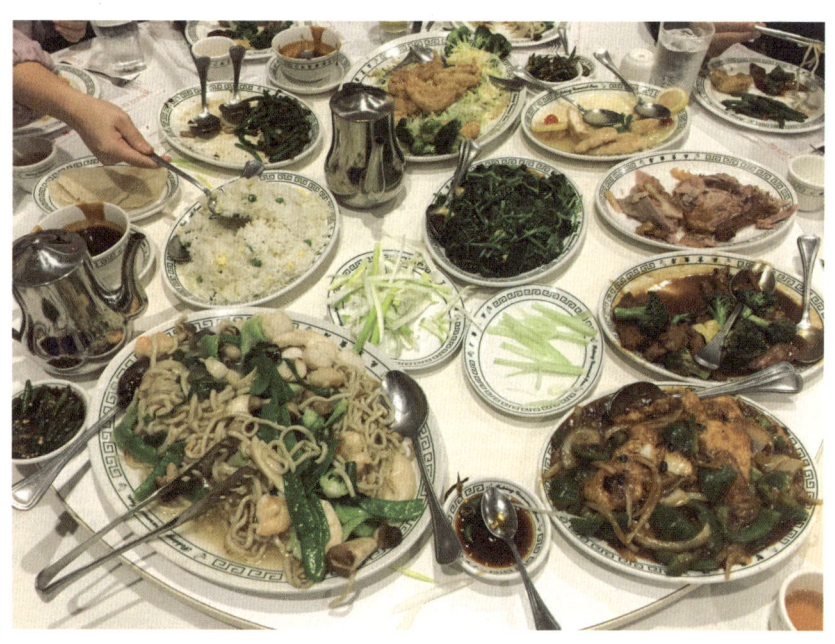

중국집에선

제일 먼저
냅킨으로 접시와 숟가락을 닦는다
아무리 더워도 찬물은 마시지 않는다
여러 번 듣고도 자꾸 잊어버리는데
차를 따라주면 손가락으로 탁자를 두 번 톡톡
차를 다 마신 후 주전자 뚜껑을 열어놓는다
잔은 다 채우지 않는다
참 그리고
무얼 시킬지 모를 땐 옆 사람 먹는 걸 잘 본다
친구를 대접할 땐 배불리 먹고 남을 정도로 시킨다
맛있는 음식은 친구에게 양보한다
음식 만드는 사람이 착해야 음식도 착하다
주위가 시끄러워도 신경 쓰지 않는다
기다리는 손님을 위해 식사가 끝나면 즉시 일어난다
팁은 항상 넉넉히 준다
나는
포춘쿠키를 믿는다

봄바람이 참 좋다

경리단 길에서
친구를 만나기로 했다
우리가 다니던 중학교가 궁금해서
일부러 지하철을 타고 숙대 앞에서 내렸다
공 차던 학교 운동장에 낯선 벽돌 건물이 세워졌고
담장은 낮아지고 가로수는 높아졌다
그러고 보니까 오는 길에 수도여고가 보이질 않았네
길 빼고는 모든 것이 변했다
학교 정문 앞 후암동 버스 종점을 돌아선 후
해방촌 급경사 길을 바짝 붙어 올라간다
차 두 대와 내가 한 점에서 만날 땐
한쪽 발로 가게 계단을 밟고 올라섰다 내려간다
친구 아버지 중국집 자리에 예쁜 카페가 들어섰고
카페 안엔 외국인 손님들이 영화처럼 앉아 있다
언덕을 내려오다 보니 옛날엔 없던 빨래방이 다 있네
길 빼고는 모든 것이 변했다
경리단 길 입구에 도착해 한숨 돌리려 하는데
누가 내 어깨를 툭 친다
익중아!

점잖은 어르신 한 분이 웃는다
봄바람이 내 얼굴을 스친다
너?
친구도 나와 같은 생각을 했을까?
길 빼고는 모든 것이 변했다
오늘
봄바람이 참 좋다
친구가 좋다

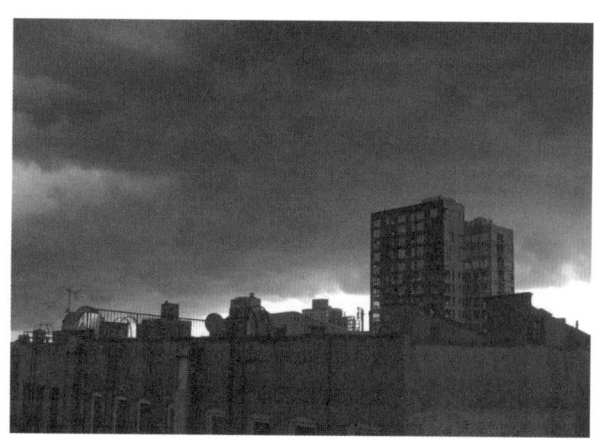

비

며칠째
비가
하늘 가득하다
벽장에서
어머니 우산을 발견했다
비가 오는 날
초등학교 정문에서
어머니는 우산을 내 쪽으로 미시고
온몸에 비를 맞으며
집까지 한참을 걸으셨는데…
어머니 계신
그곳에도
비가 내릴까?
우산을 쓰고 다니실까?
다시 만나면
나를 알아보실까?

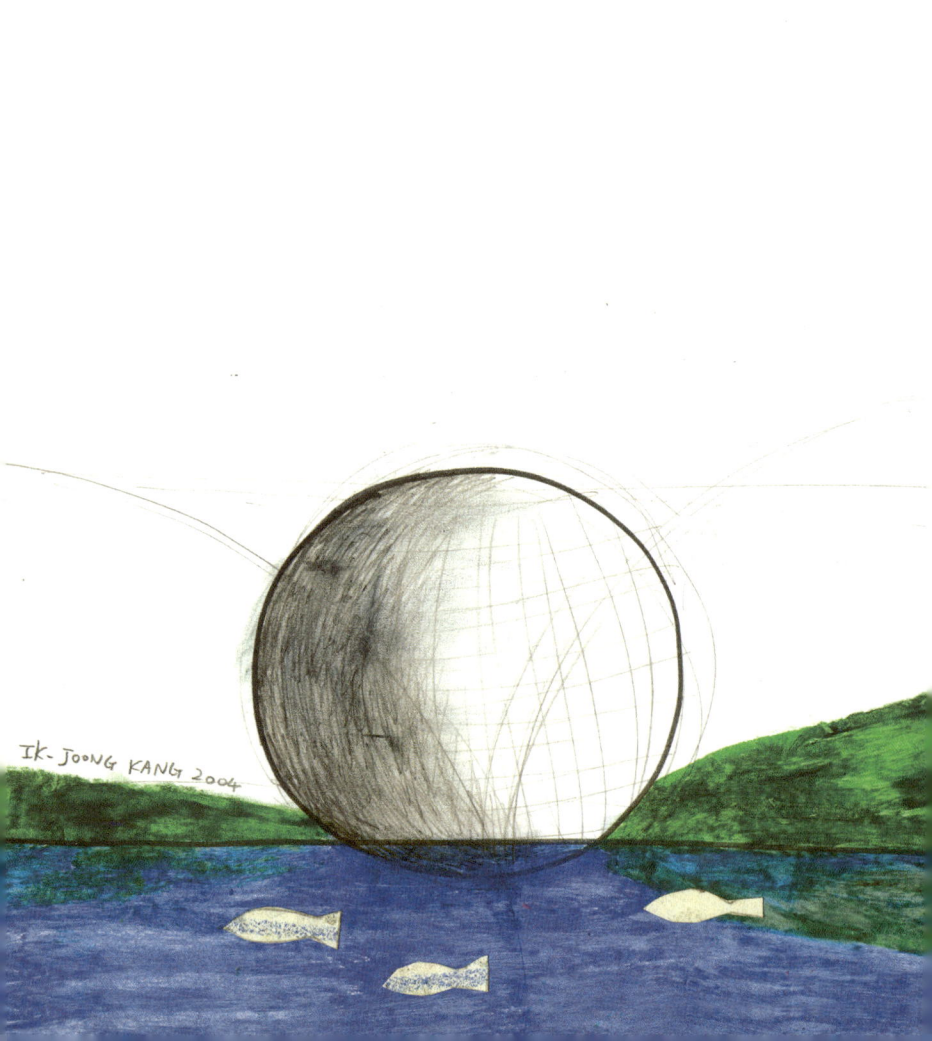

강태공

낚싯대를 던지니
물결이 인다
낚싯대를 내려놓으니
구름이 비친다
낚싯대를 쳐다보다
하루가 간다

마음을 던지니
사람이 온다
마음을 내려놓으니
내가 비친다
마음을 쳐다보다
세월이 간다
별이 지나간다

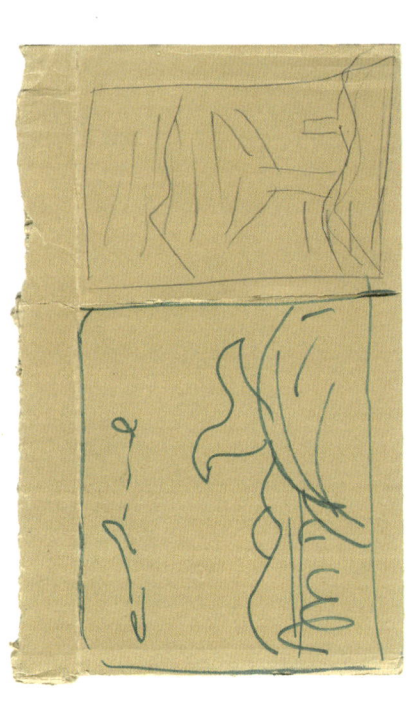

116

난

난
나뭇잎 아침이슬이 좋다
난
깊은 산 속 옹달샘이 좋다
난
졸졸졸 시냇물이 좋다
난
흐르는 강물이 좋다
난
파아란 바닷물이 좋다
난
후루룩 숭늉이 좋다

남자는 머리빨

넷째 주 수요일
머리 깎는 날
공원 앞 반지하 미용실
걸어서 10분
깎는데 10분
요금도 10불
아 벌써 10년째
남자는 머리빨인데
성격 급한 주인아주머니
가위질 때문에
그동안 많이 참았다
안테나가 삐죽삐죽
목 뒤 잔머리는 그대로
가장 아쉬운 뒤통수는 납작
다른 곳을 알아보리라
10불 더 투자하리라
굳게 다짐을 하지만
기억력 부족인가
결단력 부족인가

넷째 주 수요일
또다시 내 발길은
공원 앞 반지하 미용실
아 벌써 10년째
남자는 머리빨인데

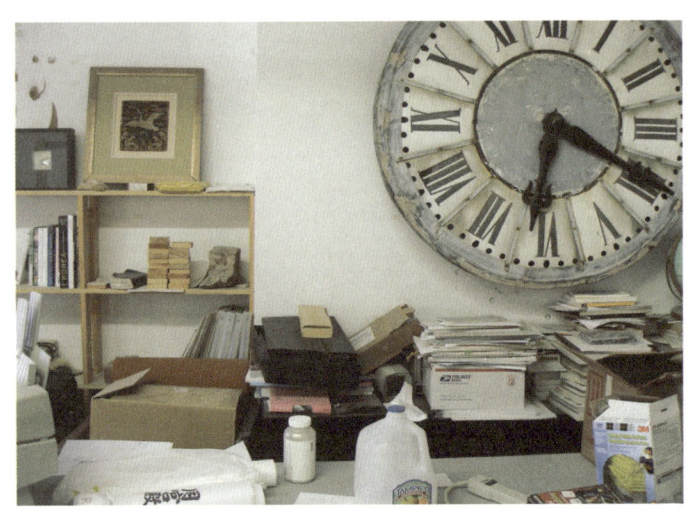

작업실

맨해튼 빌딩 숲에서 매미가 운다
작업실 둥근 톱이 나무를 밀 때마다 맴맴맴
눈을 감으니 이곳이 한여름 강세황의 영통동구도

비가 지나고 난 후라 날이 차다
창문을 닫자 세상 염려와 소리가 떠나간다
눈을 감으니 이곳이 적막강산 김정희의 세한도

일하는 곳의 터가 봉긋 솟아 있다
풍수에선 주변의 땅보다 높으면 산이라고 친다
눈을 감으니 이곳이 첩첩산중 정선의 단발령망금강산도

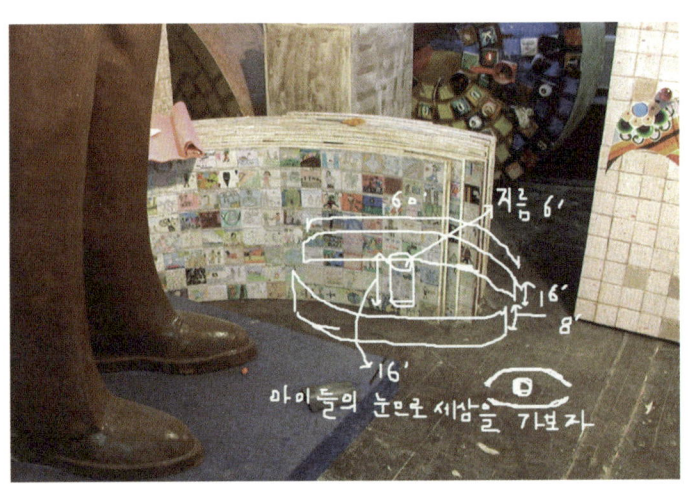

선생

거친 바람에 넘어지려 했을 때
이 바람이 나를 다시 일으켜 세웠다
고통은 언제나 선생과 함께 찾아온다

마음의 짐으로 숨쉬기조차 힘들었을 때
이 짐이 나에게 새 호흡을 불어 넣어주었다
아픔은 언제나 선생과 함께 찾아온다

끝이 보이지 않아 길 위에 주저앉으려 했을 때
이 길이 나를 다시 걷게 했다
절망은 언제나 선생과 함께 찾아온다

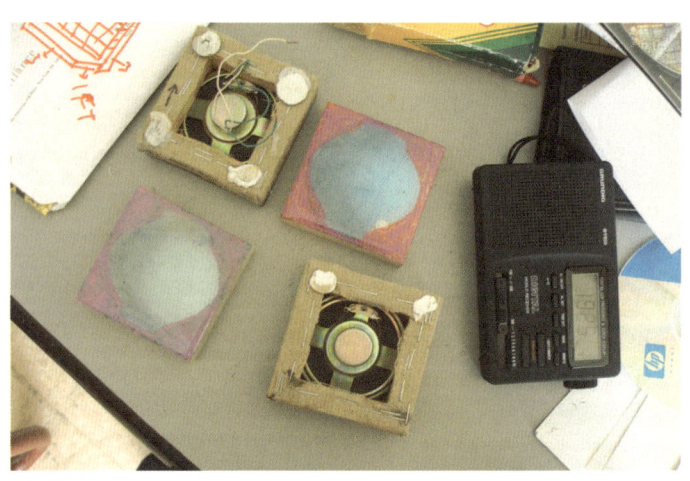

어머니의 노래

어머니가 계시는 서울 집엔 오래된 풍금이 있다. 잘생긴 풍금이다. 유별나게 생활의 굴곡이 심했던 우리 가족들이 서울의 여러 곳을 옮겨 다닐 때도 그 풍금은 우리를 내내 따라다녔다. 음악시간마다 주번 아이들이 교실로 밀고 들어왔던 학교 풍금보다 훨씬 크고 더 예쁘게 장식된 것이다. 학년 초마다 실시된 가정환경조사 질문에 풍금이 들어가 있지 않은 것이 늘 아쉬움으로 남을 만큼 나는 우리 집 풍금을 자랑스러워했다. 한 번도 그것의 내력에 대해 누구에게 물어본 적이 없었고 아무도 내게 말을 해준 적도 없었다. 하지만 언젠가 본 어머님의 처녀시절 사진에 그 풍금이 등장하는 것으로 미루어 청주의 외가에서부터 갖고 계시던 것을 시집 오실 때 가져 오신 게 아닌가 싶다.

형편이 어려웠던 시절 어머니는 동네 편물 일감을 받아다 일하시면서도 틈틈이 세 아들의 옷을 손수 지으셔서 우리 형제들을 동네에서 늘 유난히 반짝이는 아이들로 만드셨다. 하루 종일 칙칙거리는 편물 기계 소리에 지겨워 우리들의 몸이 반쯤 꼬이고 어머니의 어깨가 피곤으로 무너져 내리기 시작할 때쯤 어머니는 흰 레이스 덮인 풍금을 열고 '세모시'를 부르셨다. "세모시 옥색치마 금박물린 저 댕기가 창공을 차고 나가 구름 속을 나부낀다…" 중학생이 돼서야 부르시던 노래의 제목이 '세모시'가 아니라 김말봉 작시 금수현 작곡의 '그네'인 줄을 알았다.

어머니는 50년 가까이 나가시는 작은 교회의 어린이 주일학교 선생님이다. 그래서인지 아들이 사는 뉴욕에 오실 때마다 아이처럼 꼭 비행기 창문 쪽에 앉으신다고 한다. 두둥실 떠 있는 구름 구경 때문이시다. 혹시 화장실을 자주 가면 옆 좌석의 사람에게 불편을 줄까 염려해 떠나시기 전날쯤부터는 아예 국물 있는 음식을 안 드신다.

어제 우체국에 가서 어머니가 보낸 소포를 찾아왔다. 지난 봄 뉴욕에 오셨을 때 만나신 내 친구의 가족들을 위해 만든 예쁜 정원이 수 놓아진 식탁보였다. 얼마 전에도 퀼트로 된

손자의 이불보를 몇 달을 걸쳐 만들어 보내주셨다. 염려스러운 마음에 이제 바느질을 그만 쉬시라고 말씀 드렸는데도 소용이 없다. 지금도 주위의 고마운 분들과 가까운 사람들을 잊지 않고 손끝엔 언제나 골무를 끼고 계신다.

어깨가 내려앉고 바늘이 희미해질 쯤이면 어머니는 우리 집 풍금에 앉으셔서 여느 때같이 '그네'를 부르실 것이다. 구르시는 풍금은 어머님의 일만 근심을 바람에 실어가는 고향 청주의 언덕이 되었고, 그 노래는 멈칫하던 나에게 창공을 차고 나가는 힘찬 그네가 되었다. 오래 전 세모시를 들으며 방바닥에서 그어대던 나의 그림은 40년이 다 돼가는 지금 이곳 뉴욕에서 그리운 고향, 사랑하는 어머니를 가슴에 안는 기도가 되고 있다. / 2002년

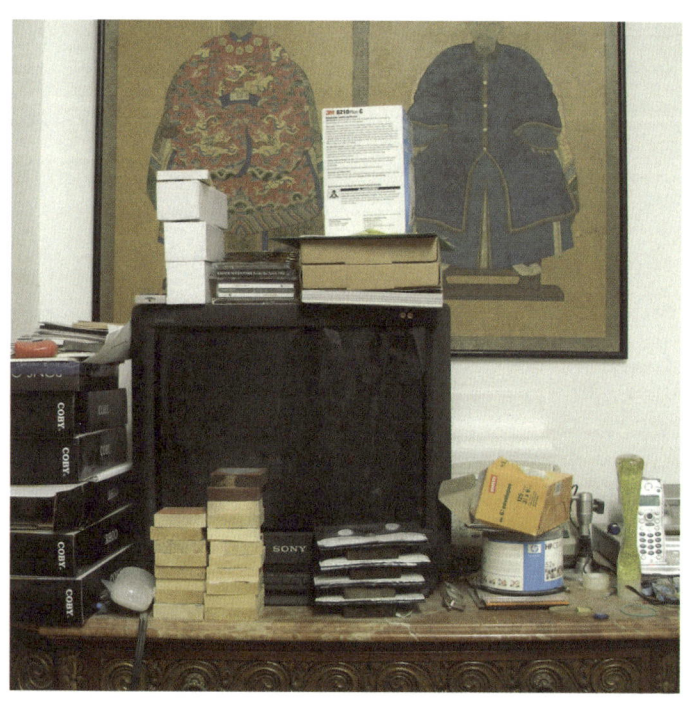

수재와 천재

수재는 흔해도
천재는 만나기 힘들다

수재는 뉴스를 듣고
천재는 역사를 듣는다

수재는 수를 두고
천재는 판을 본다

수재는 천재처럼 보이고
천재는 바보처럼 보인다

수재는 집안이 내리고
천재는 시대가 내린다

수재는 뛸 듯이 기뻐하고
천재는 그냥 허허허

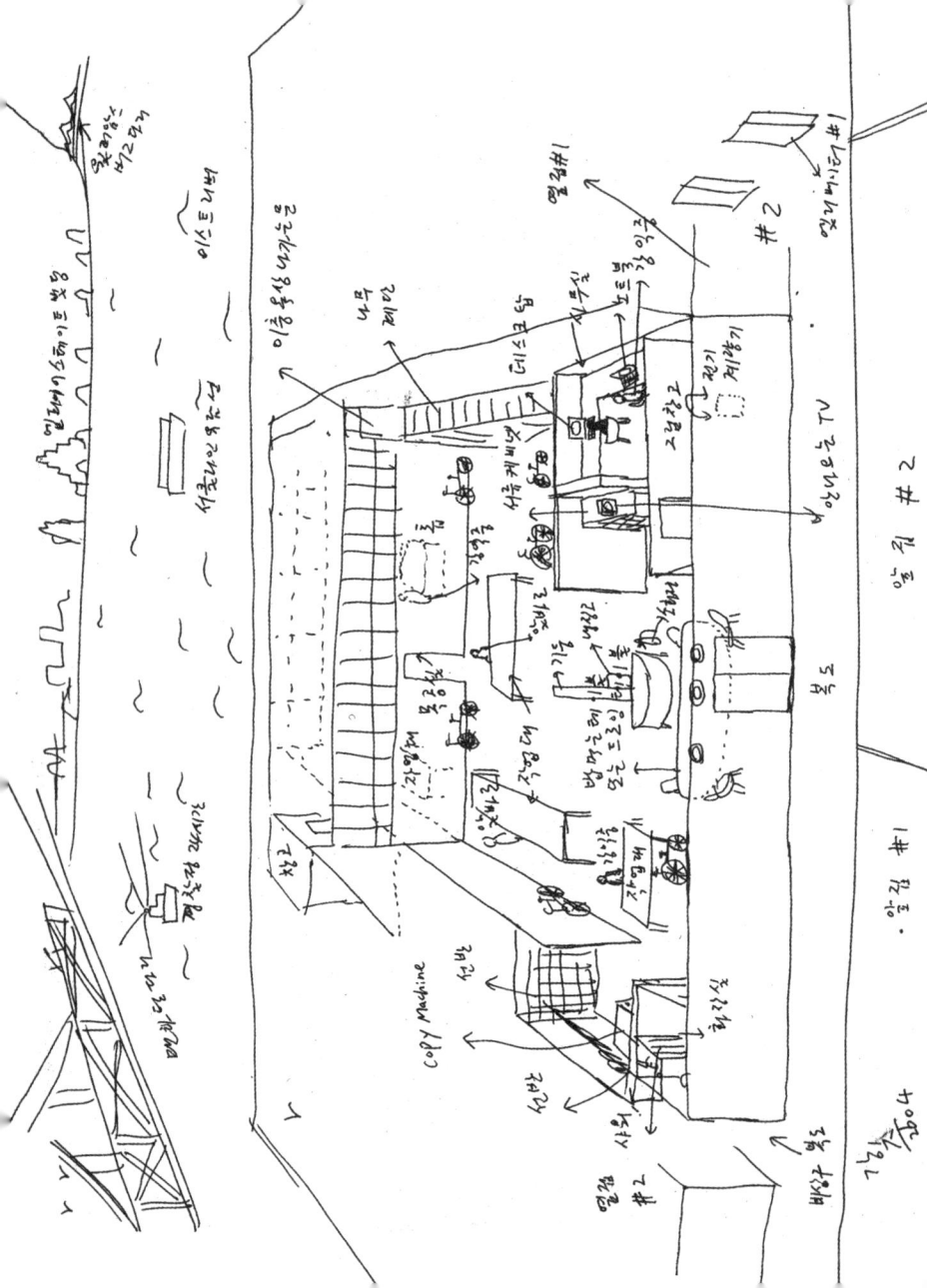

새로 산 운동화

기쁜 소식 하나
집 근처에 한국식당이 새로 생겼다
동네에 나 말고 한국 사람이 하나 더 생긴 셈이다
새로 산 운동화를 꺼내 신고 식당으로 향한다
한창 바빠야 할 점심시간인데 손님이 별로 없다
처음이라 그렇겠지 스스로를 안심시킨다
주인아저씨도 크게 걱정은 안 하는 표정이다
새 운동화를 눈치 못 챈 것 같지만 상관없다
떡라면에 떡볶이를 시켰더니 파전을 공짜로 준다
동네를 몇 바퀴는 돌아야 배가 꺼질 것 같다
도서관 옆 나무가 우거진 작은 공원을 지난다
만나는 꽃들과 새들에게 살며시 인사한다
새로 산 운동화를 슬쩍 보여준다
기분 좋은 봄날이다

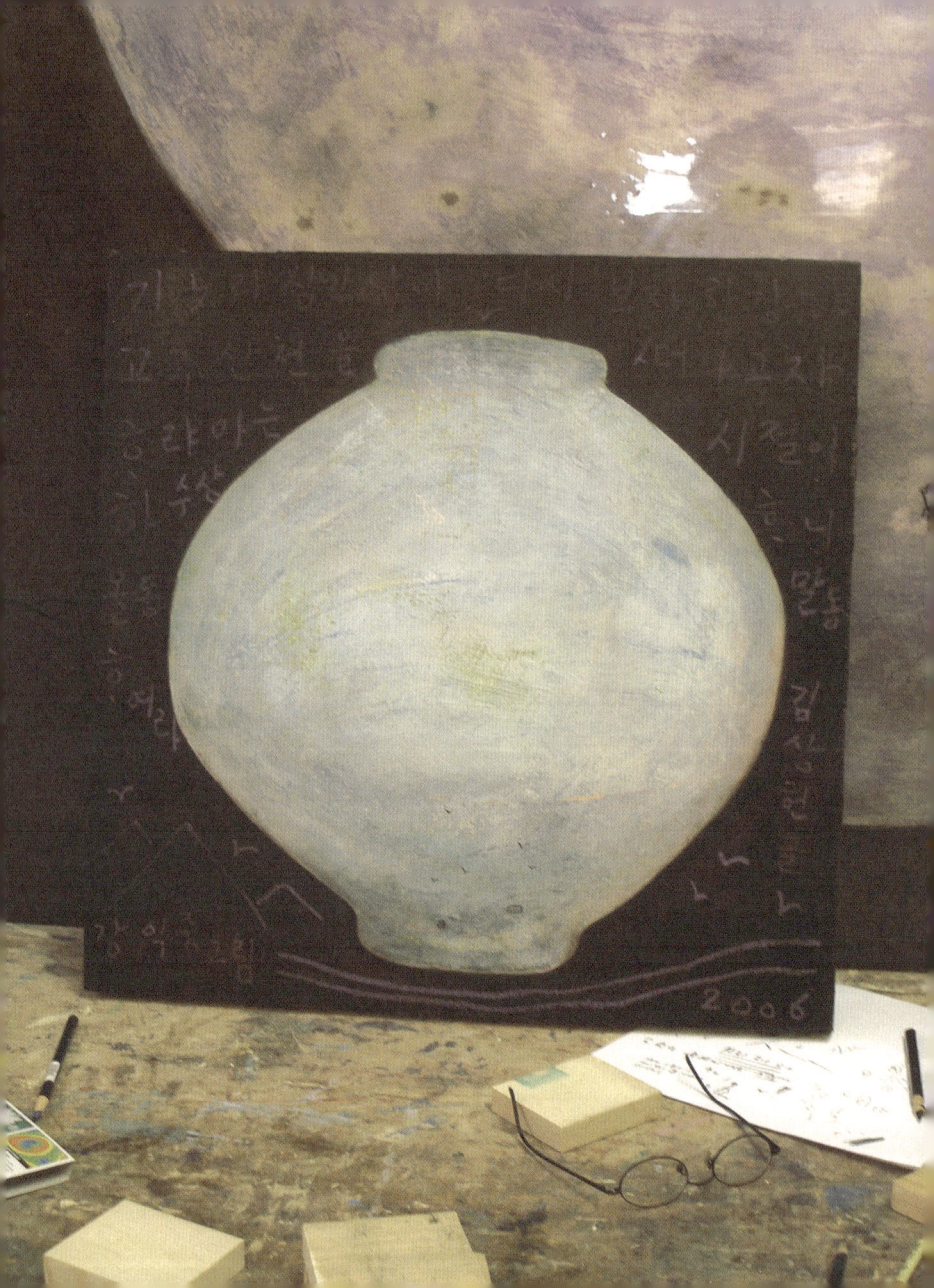

더 좋다

백자대호보다는 달항아리가 좋고
달항아리보다는 달그릇이 좋다
나는 달그릇보다는 달님이 더 좋다

민족보다는 겨레가 좋고
겨레보다는 한 식구가 좋다
나는 한 식구보다는 한 나무가 더 좋다

모친보다는 어머님이 좋고
어머님보다는 어머니가 좋다
나는 어머니보다 엄마가 그냥 더 좋다

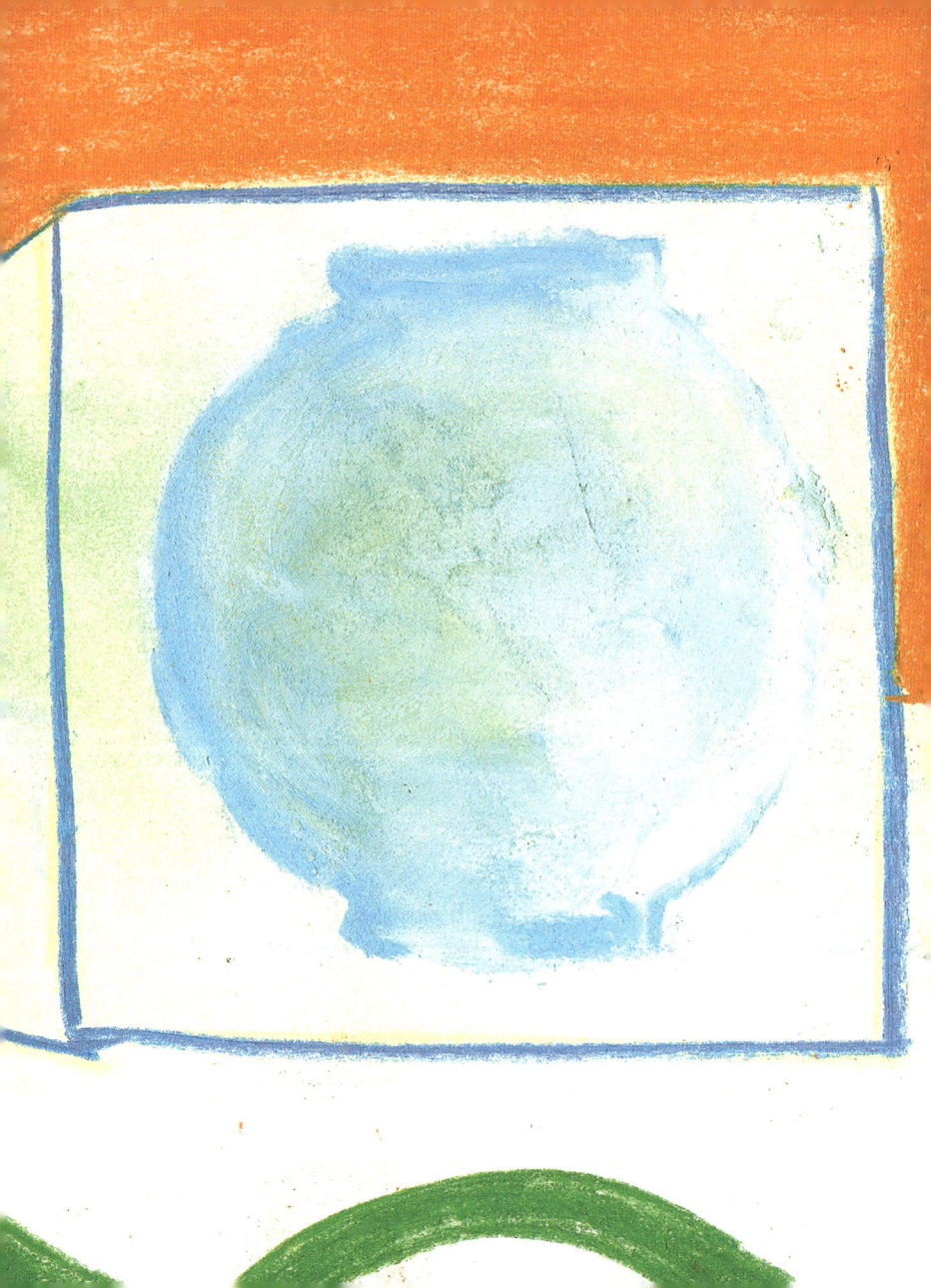

연적硯滴

나지막이
검은 먹이 갈리고 나면
고운 선
물을 담고
다시 땅에 뿜는다
연꽃 닮아 연蓮적일까
문방사우에 들지는 못했지만
숨어서 임을 맞이한다
한 획 한 획을 기다리다
자신을 비운다
조용히
좁은 입으로
온몸으로
정화수를 옮긴다
한 많은 연인이라 연戀적인가
보이지 않게
하늘을 품은 색
땅을 품은 색
맞아!
이어주니 연連적인가보다
살며시

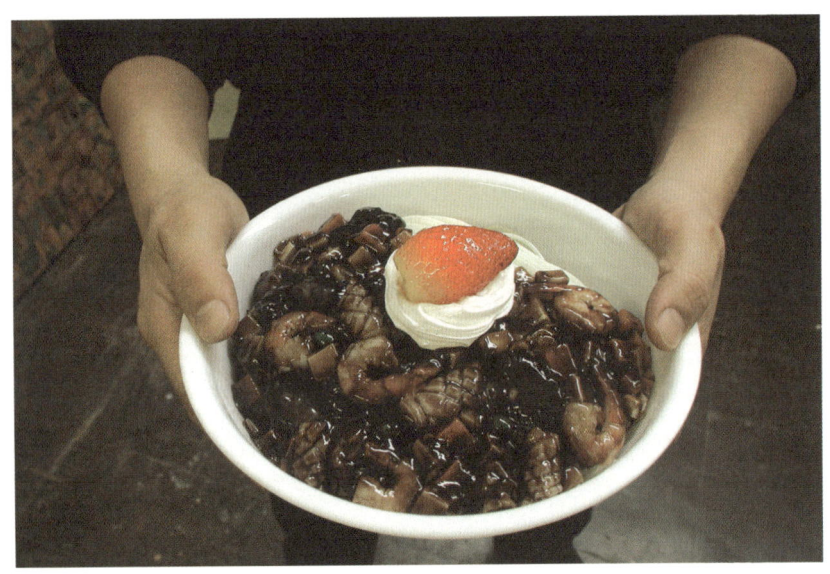

136

산다는 건

빠르면 뭐 하나
땅도 좁은데
이루면 뭐 하나
모두 두고 가는데
자랑하면 뭐 하나
내 것도 아닌데
서툴면 어떤가
이제 시작인데
구름 끼면 어떤가
저기 해가 웃는데
느리면 어떤가
갈 곳도 없는데
외로우면 어떤가
누구나 혼자인데

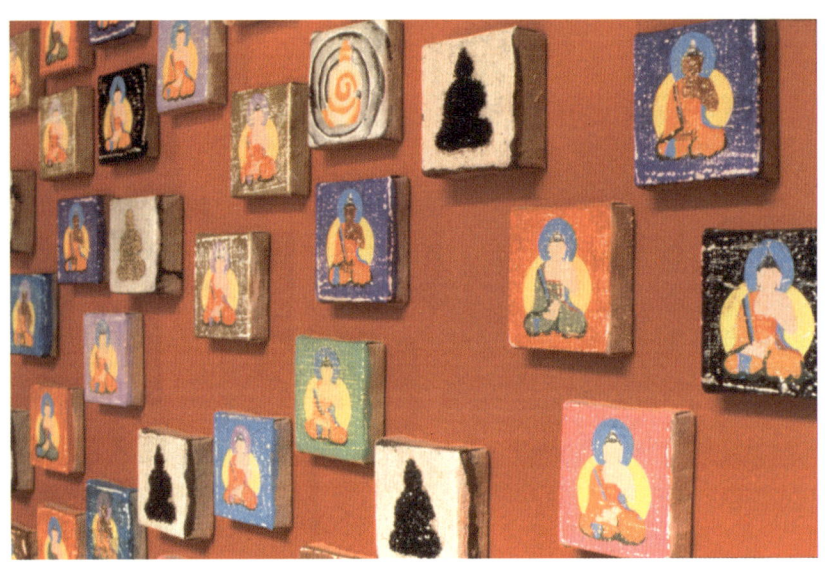

테레사 수녀

요즘 내 이야기다
별것 아닌 일들로 마음의 몸살을 앓고 있다
세상에 관심이 많아 정작 내가 해야 할 일들을
보고도 지나쳐서이다
초심으로 돌아가
마음의 소리에 귀를 기울여야 하는데 말이다

걸프전이 한창일 때의 일이다
신문기자가 인도 캘커타의 고아원에서 일하고 있던
테레사 수녀를 만났다
이번 전쟁을 어떻게 생각하느냐는 기자의 질문에
노수녀는 이렇게 짧게 대답했다고 한다
아이고, 지금 전쟁 중인가요?

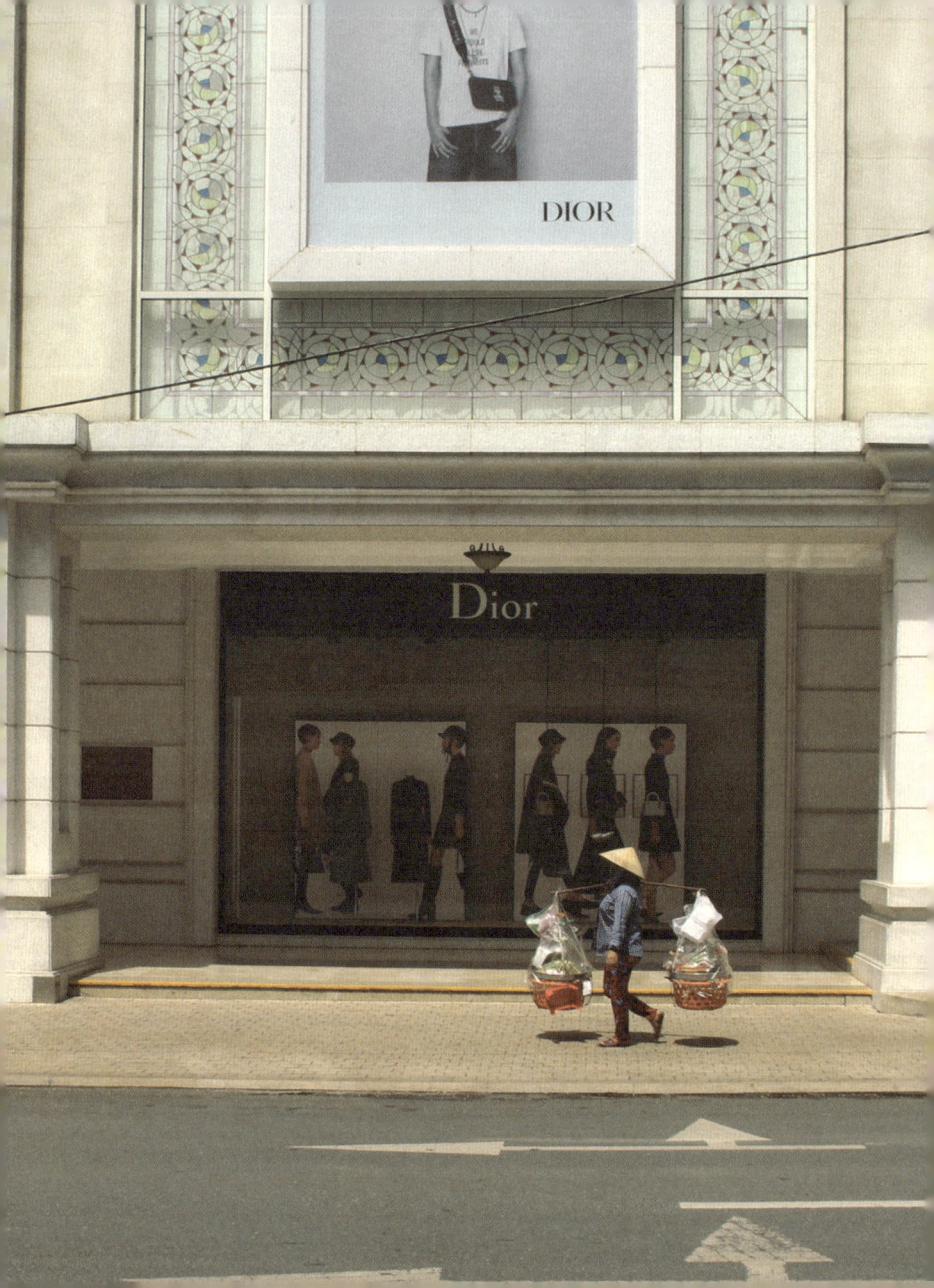

국가대표

혹시 베트남 샌드위치 잡숴 보셨나요?
마요네즈를 바른 바삭하고 쫄깃한 빵 안에
홍당무 오이 등 각종 채소가 들어가 있습니다
고기도 있는데 무슨 고기인지는 잘 모르겠습니다
주문 전에 미리 말하면 매운 고추도 살짝 올려줍니다

대부분 베트남 음식하면 '포'라는 쌀국수를
먼저 떠올릴 텐데요
저는 '반미'라고 부르는 샌드위치가
베트남의 국가대표라고 생각합니다
엄청 맛있습니다
아마 브라질의 축구, 이탈리아의 파스타처럼
나라를 대표할 겁니다

순전히 개인적인 생각인데요
미국은 고속도로, 프랑스는 와인,
우리나라는 한글이 국가대표입니다
중국은 아직 잘 모르겠습니다
~~뉴욕~~ 치이니디운에서 30년을 보냈는데도요
이제 국가대표 '반미'씨를 만나러 갑니다

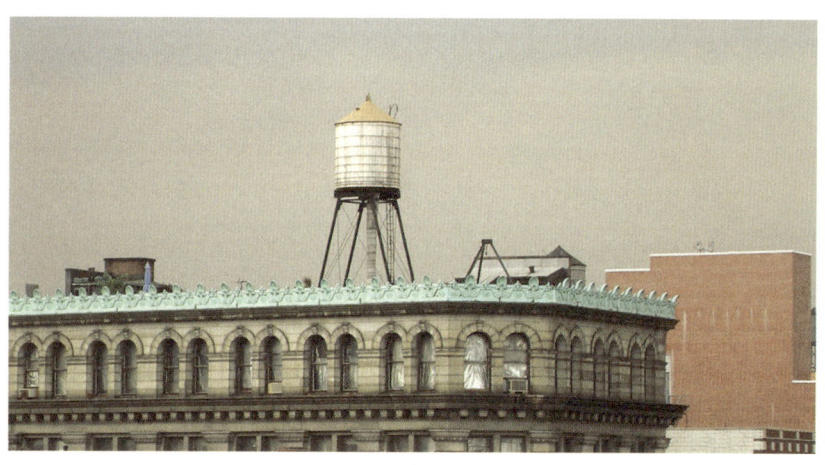

무당

오늘 신시내티에 도착했다
공항에서 호텔까지 택시로 딱 20분 걸린다
고故 백남준 선생님의 친구인
화상 칼솔웨이 할아버지가
엄청 싸고 오래된 호텔 방을 잡아주셨다
백 선생님이 신시내티에 오실 때 늘 주무시던 곳이란다

벽에는 눈을 부릅뜬 남자 얼굴 사진이 걸려 있고
낡은 옷장과 큰 거울이 여기저기 붙어 있다
방과 거실엔 오래된 텔레비전이 한 대씩 놓여 있다
원래 백 선생님이 '비디오 무당'이라고 하셨는데…
아이고 무서워라 오늘 밤은 다 잤다
참, 백 선생님이 '낮에 별을 보는 무당'이셨지!
그래도… 내가 멀리서 왔는데
오늘 밤 찾아오실까?

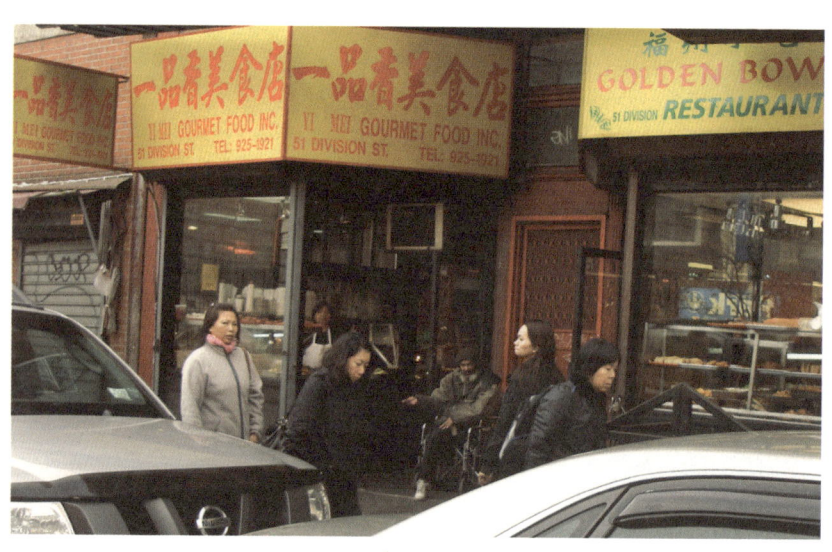

우리 동네 중국집

우리 동네 중국집 음식 가격입니다
흰 천으로 된 식탁보가 있는 집이 제일 비싸고요
식탁보 위에 두꺼운 유리판을 올려놓은 집이 그다음입니다
그리고 식탁 위에 유리판만 있는 집이 조금 더 쌉니다

내가 자주 가는 우리 동네 중국집은요
흰 천으로 된 식탁보도 없고 두꺼운 유리판도 없습니다
식탁 위엔 플라스틱 수저통과 알록달록 양념통뿐
대신 땅땅 반죽 때리는 소리가 귀청을 흔드는
수타 국숫집입니다
한번 놀러 오세요

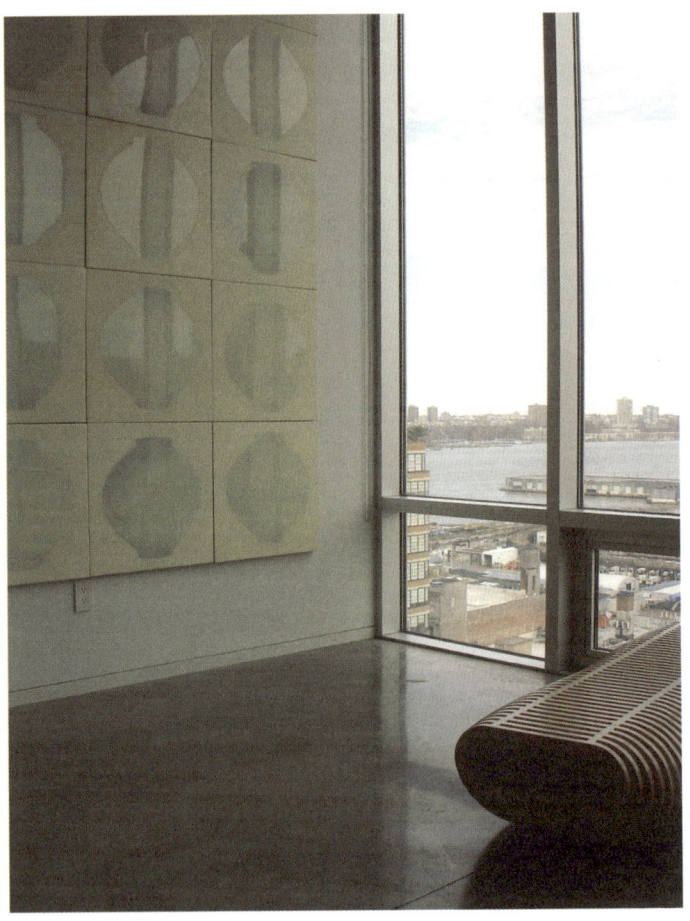

고요

지금
마음에 풍랑이 일어도
고요에 귀 기울이면 마음이 잔잔해진다
그 속에서 나를 한 번 더 내려놓으면 나를 만난다
그리고 나는 긴 고요의 숲을 걷는다
넓은 고요의 바다에 누워버린다
바람이 멈춘다
햇살이 좋다
가만히 웃는다

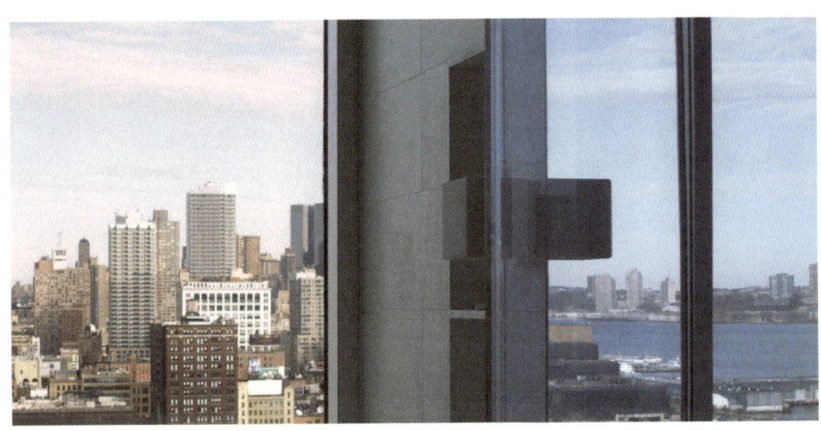

차이

바람에 연을 날렸더니
날아간 연줄이 나를 잡고 있구나

잊으려고 생각을 놓아버렸더니
놓았던 생각이 메아리로 오는구나

행운의 네 잎 클로버를 가지려고
행복의 세 잎 클로버를 내가 밟고 서 있구나

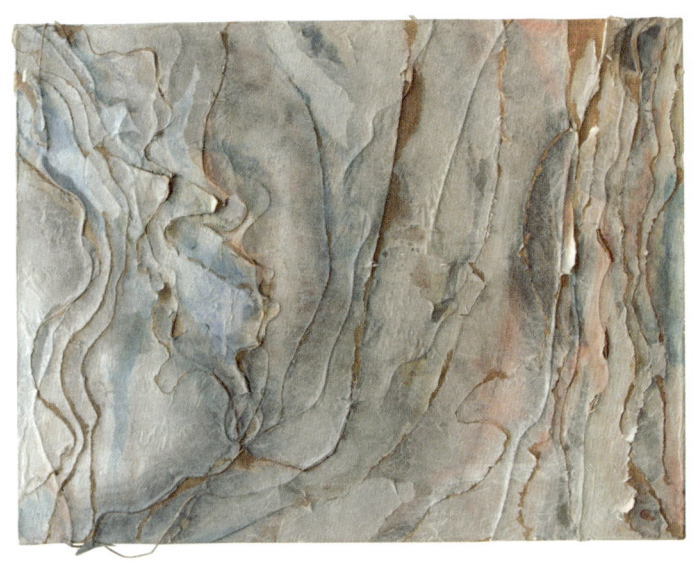

바람으로 섞이고 땅으로 이어지고

저 나뭇잎이 땅에 떨어져 기꺼이 썩어지는 것은
이른 봄 새잎으로 다시 태어나기 때문이다

내가 죽지 않는 것은
어머니의 어머니 또 그 어머니가 내 안에,
나는 아들의 아들 또 그 아들 안에 남아 있기 때문이다

남북이 다시 싸우면 천년만년 후회할 것은
우리는 단군의 자손,
바람으로 섞이고 땅으로 이어졌기 때문이다

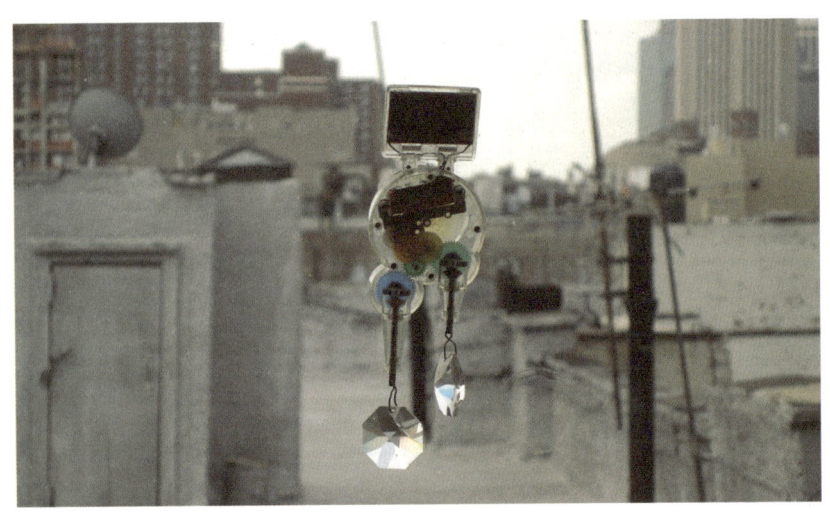

이름을 남기려 하지 말자

이름을 남기려 하지 말자
배들도 자국 없이 다니는데

이름을 남기려 하지 말자
새들도 혼자 노래하는데

이름을 남기려 하지 말자
다시 태어나도 내가 나를 모르는데

이름을 남기려 하지 말자
바로 이 순간이 내가 갈 곳인데

이름을 남기려 하지 말자
원래 나는 없는데

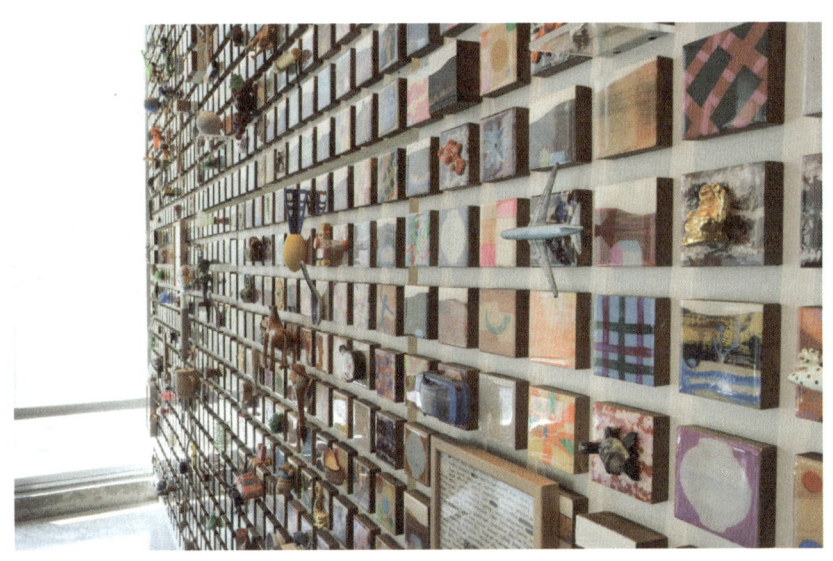

그냥

그냥
걸을 때는 걷고
들을 때는 듣고
먹을 때는 먹고
잘 때는 자고
웃을 때는 웃고
바람 불면 바람에 안기고
내려놓을 때 내려놓을 수만 있다면
참
좋겠다

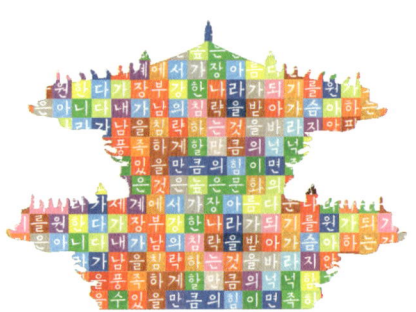

156

반성

작아지려 해도 작아질 수 없는 것은
원래 나는 작아질 마음이 없기 때문이다

낮아지려 해도 낮아질 수 없는 것은
원래 나는 낮아질 마음이 없기 때문이다

비우려 해도 비울 수 없는 것은
원래 나는 비울 마음이 없기 때문이다

용서하려 해도 용서할 수 없는 것은
원래 나는 용서할 마음이 없기 때문이다

잊으려 해도 잊을 수 없는 것은
원래 나는 잊을 마음이 없기 때문이다

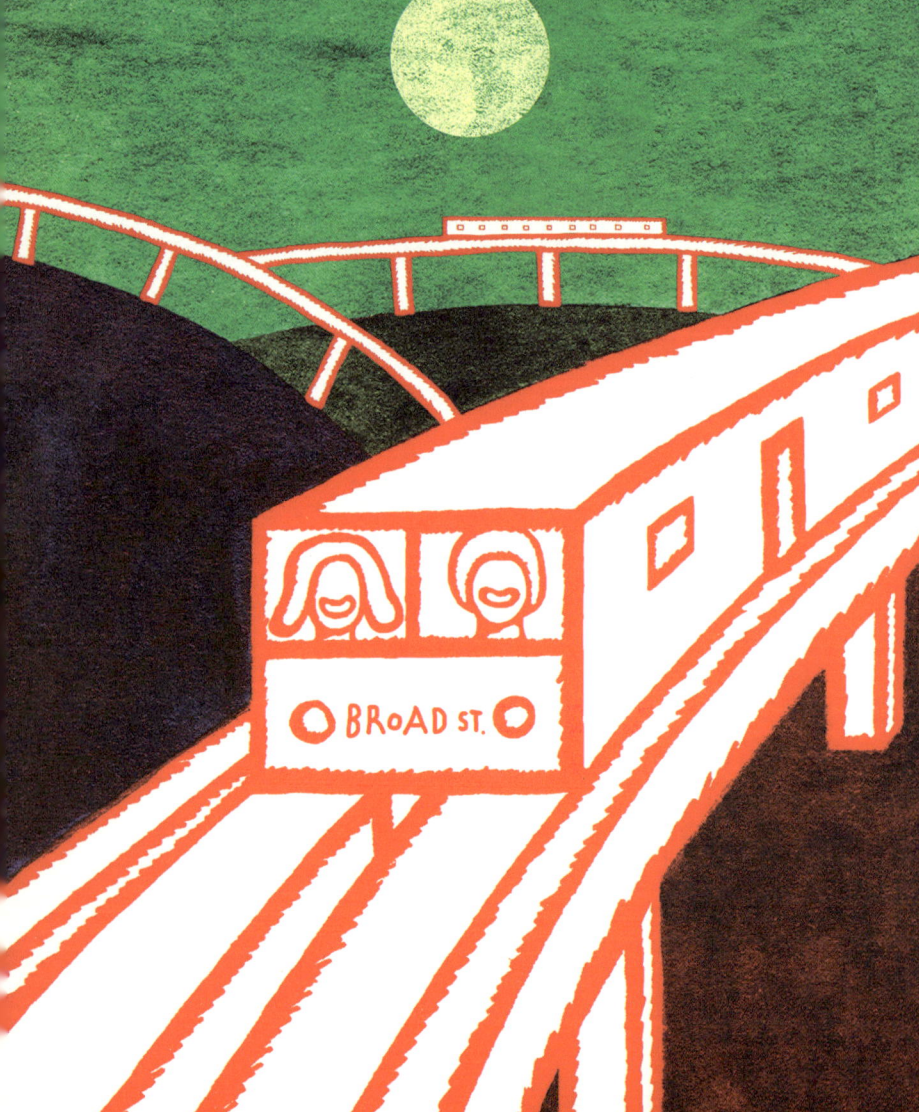

행복

웃으면 행복하다
감사하면 행복하다
칭찬하면 행복하다
낮아지면 행복하다
작아지면 행복하다
내려놓으면 행복하다
걸으면 행복하다
정직하면 행복하다
친절하면 행복하다
용서하면 행복하다
버리면 행복하다

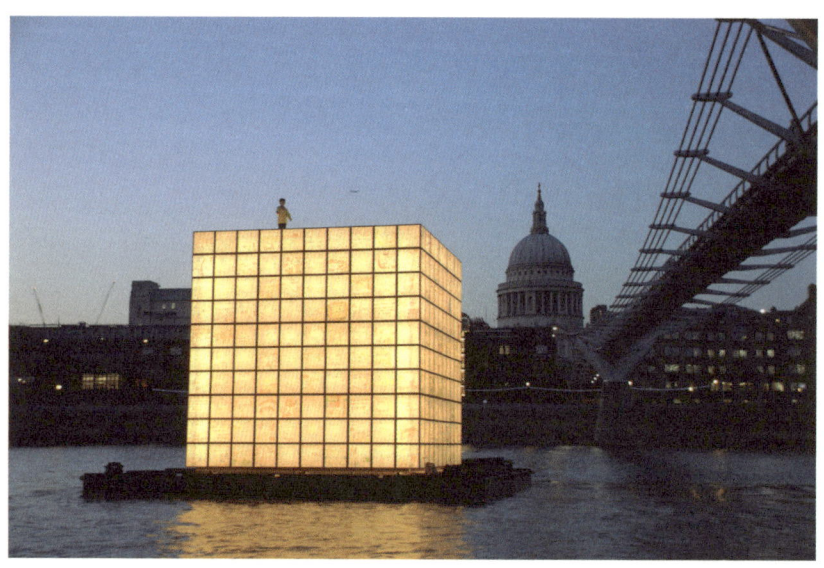

평상심

기쁠 때 너무 기뻐하지 말고
슬플 때 너무 슬퍼하지 말고
힘들 때 너무 힘들어하지 말고
바쁠 때 너무 바쁘지 말고
안타까울 때 너무 안타까워하지 말고
상처받을 때 너무 상처받지 말고
섭섭할 때 너무 섭섭해하지 말고
외로울 때 너무 외로워하지 말고
미워할 때 너무 미워하지 말고
사랑할 때 너무 사랑하지 말고

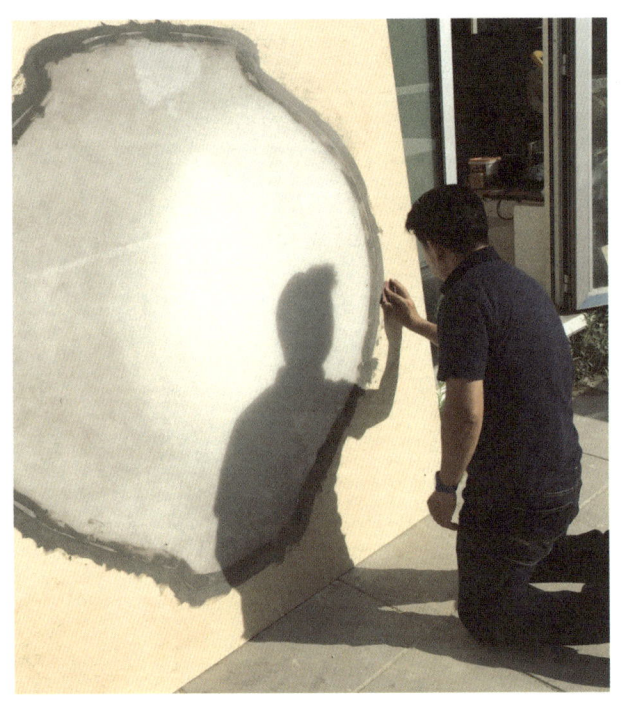

시냇물 속 물고기

맑아야 보인다
조용해야 보인다
무심해야 보인다
간절해야 보인다
내가 없어야 보인다
내가 있어야 보인다
귀 기울여야 보인다
내 마음 속 물고기

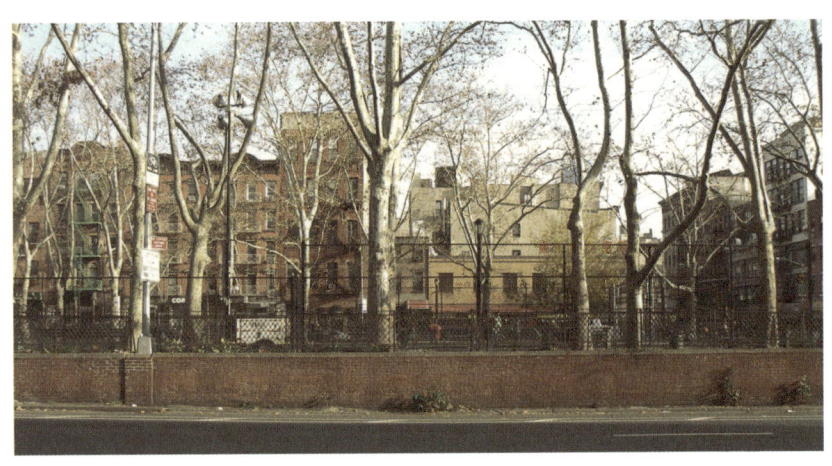

전도요원 前途遙遠

산을 오르다 돌아보니
산이 보이질 않네

길을 걷다 돌아보니
길이 보이질 않네

세월을 달리다 돌아보니
나는 보이질 않네

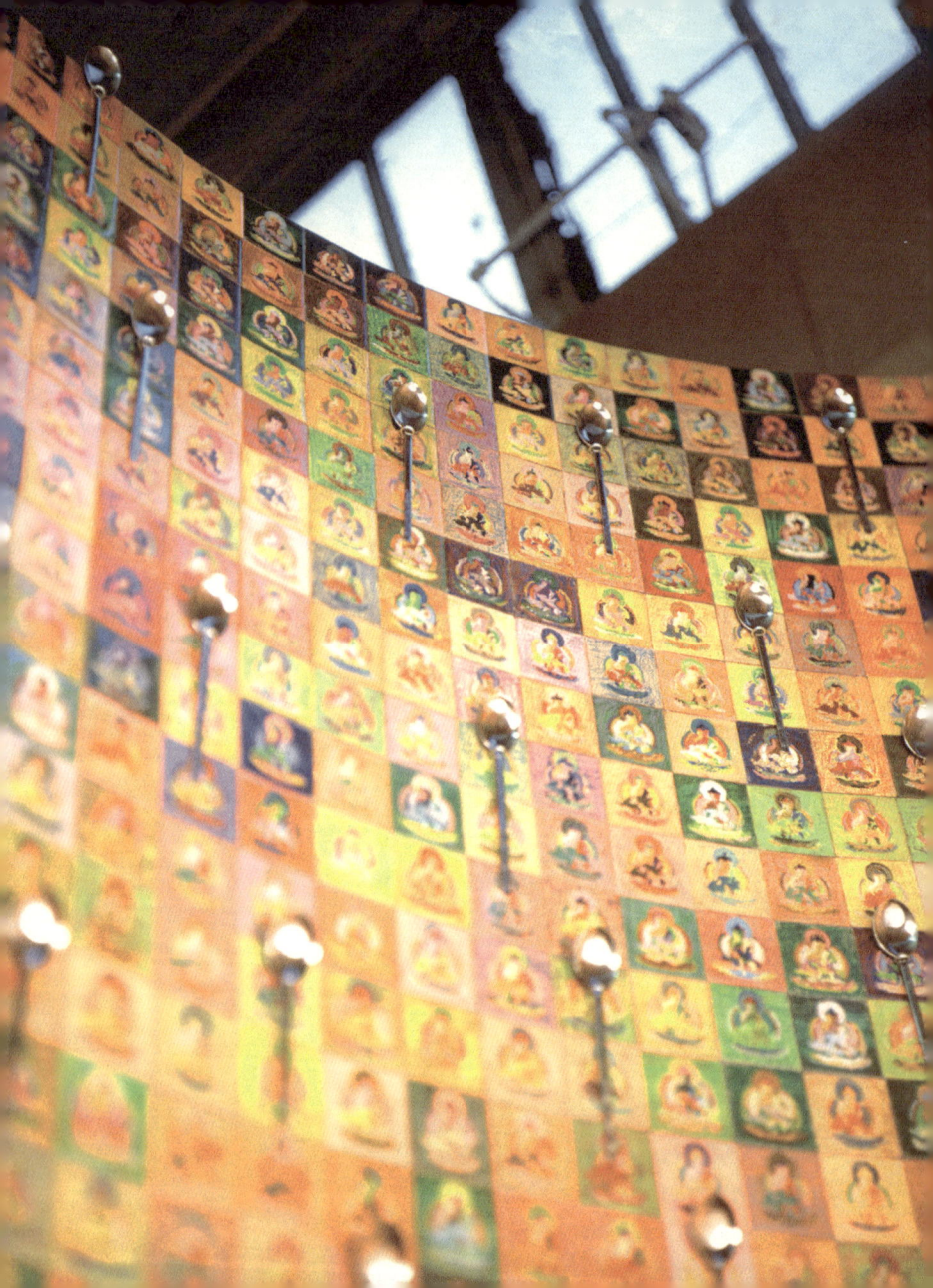

궁합

비 오는 날에 빈대떡
묵은지에 고구마
봄나물에 들기름
떡볶이에 라면 사리
씀바귀에 초고추장
전봇대에 다방구
여름밤에 모깃불
가래떡에 조청
장독대에 채송화
추운 날에 찐빵
골목길에 딱지치기
김밥에 오뎅 국물
화롯가에 옛날얘기
대보름에 오곡밥
고향 열차에 삶은 달걀
겨울밤에 메밀묵
가을바람에 코스모스

Shoot for the moon
and if you miss you will
still be among the stars.

IK-JOONG KANG 2007

내려놓을 때

별것도 아닌 일에 화가 날 때가 있다
마음을 비우고 비워도 다시 채워질 때가 있다
아무것도 궁금하지 않을 때가 있다
은혜를 베푼 사람보다 섭섭함을 준 사람이
생각 날 때가 있다
마음에 담긴 물이 출렁거려 나를 볼 수 없을 때가 있다
내려놓을 때다
모두

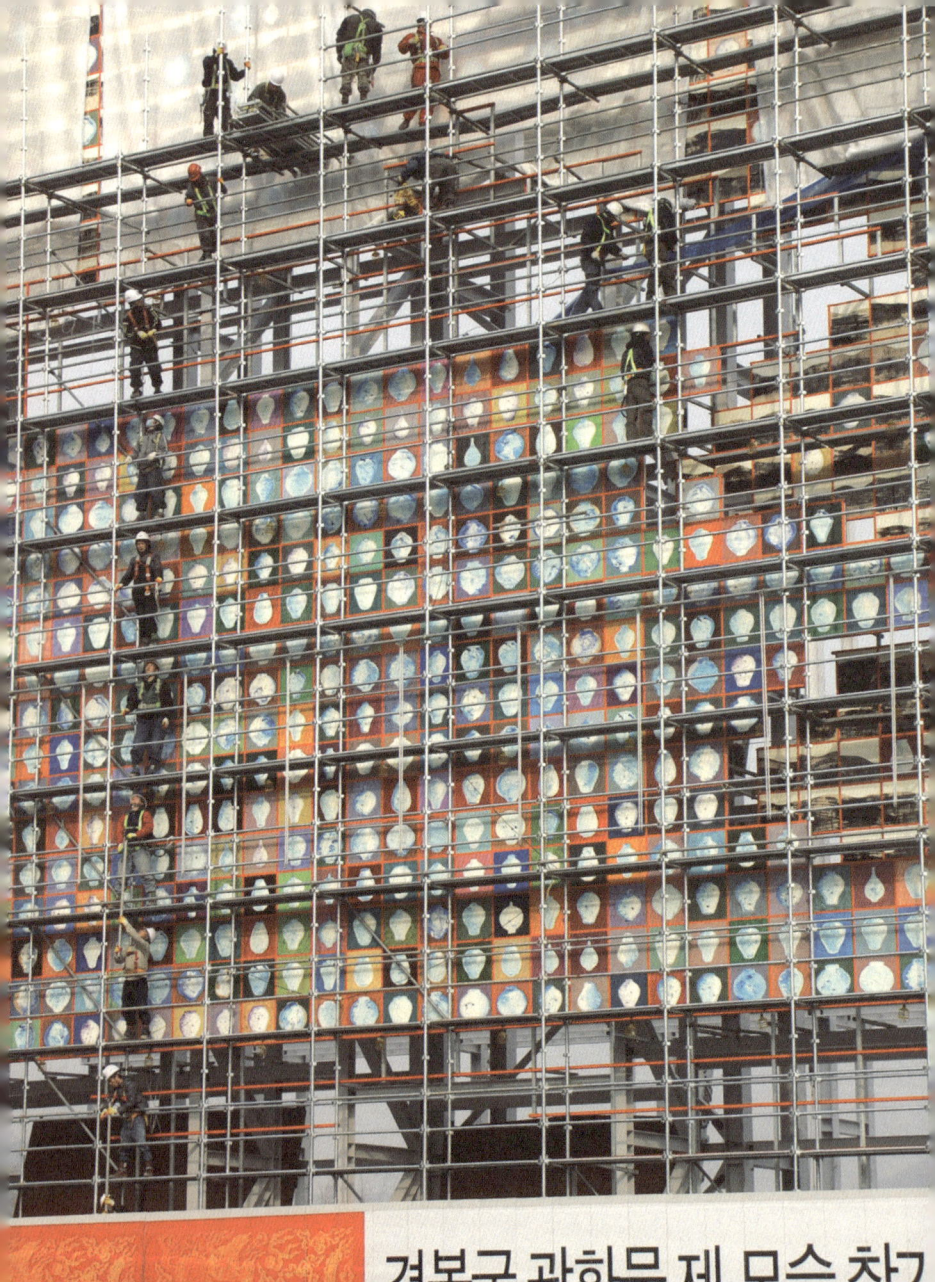

경복궁 광화문 제 모습 찾기

마음

마음의 거울을 닦으려는데
그 마음이 보이지 않네

마음의 연줄을 놓으려는데
그 마음이 잡히지 않네

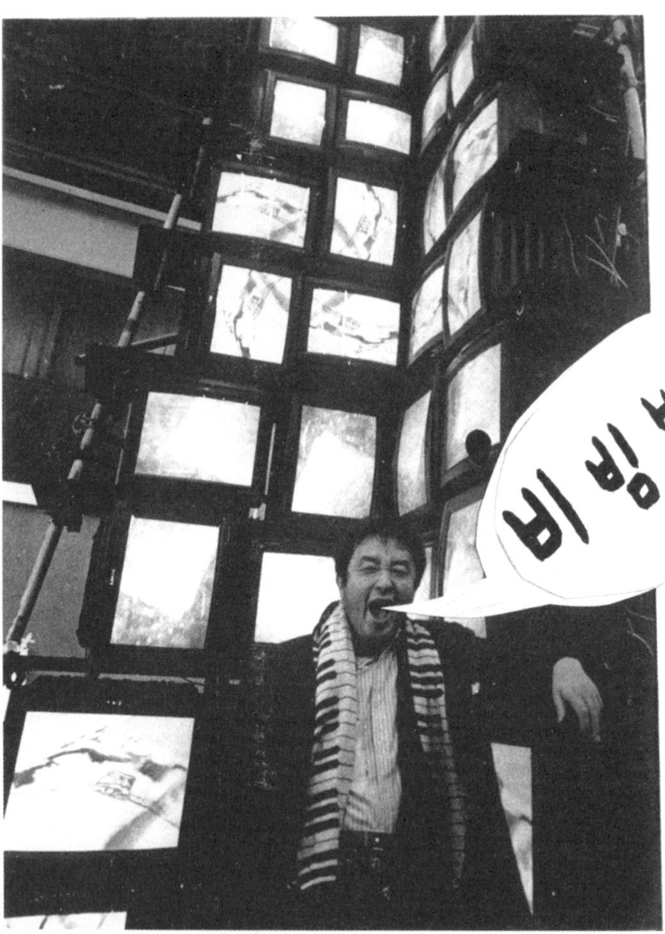

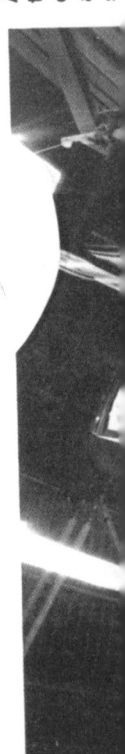

Assembled int
towers, encas
or composed i
around ensem
sculpture defi

그림 그리는 법

반쯤 눈을 감고 그린다
가능하면 왼손으로 그린다
못 그려도 그린다
기뻐도 그린다
배고파도 그린다
졸려도 그린다
아는 것을 그린다
쉬운 것을 그린다
옆에 있는 것을 그린다
듣고 보고 배우며 그린다
누워서 그린다
서서 그린다
뛰면서 그린다
반쯤 눈을 뜨고 그린다
히- 하고
웃는 나를 그린다

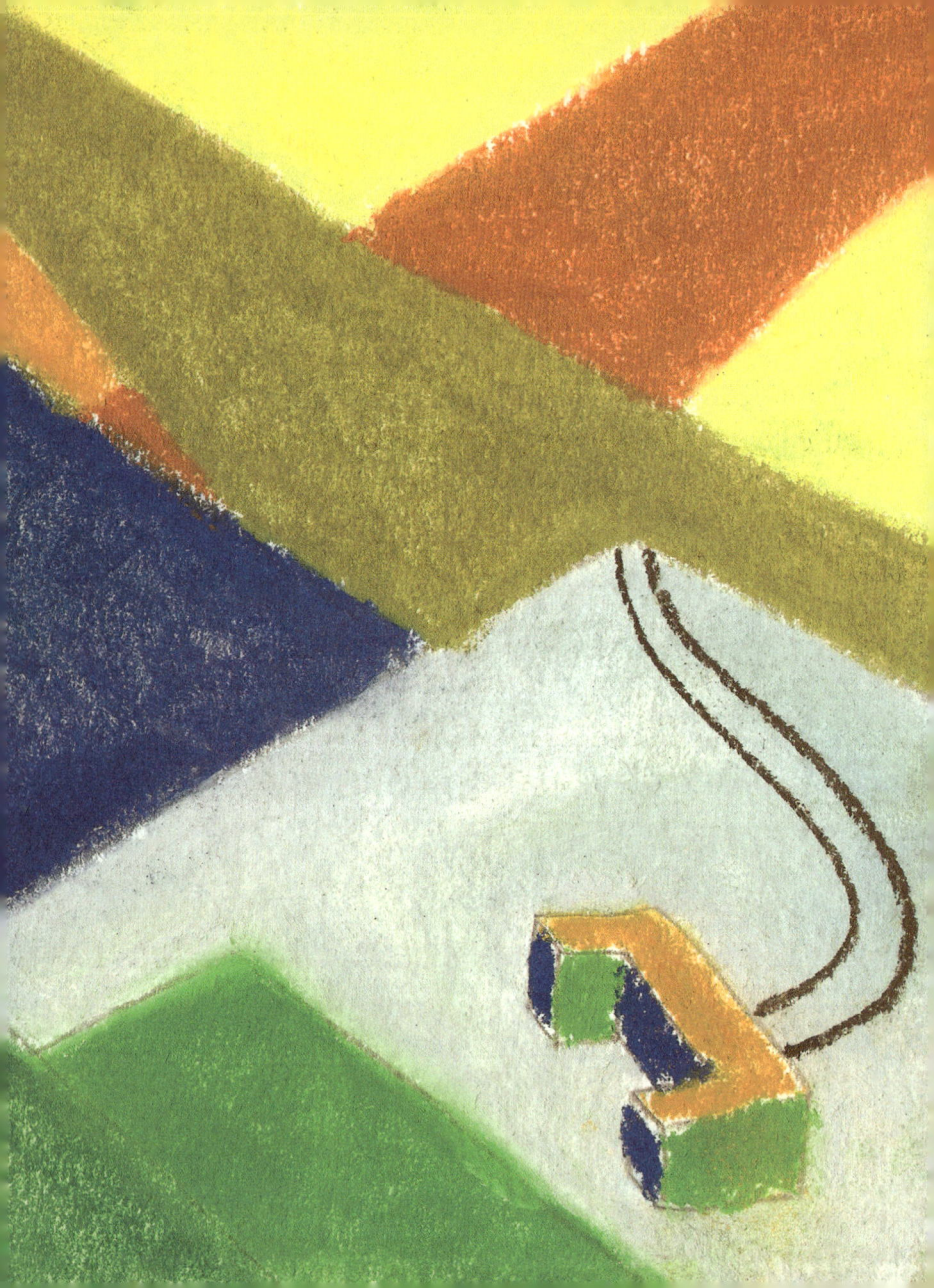

산

바라만 보아도 좋다
생각만 해도 좋다
들어가도 좋다
나와도 좋다
올라가도 좋다
내려가도 좋다
바람 불어도 좋다
눈비가 와도 좋다
꽃이 펴도 좋다
꽃이 져도 좋다
그냥
나는 산이 좋다

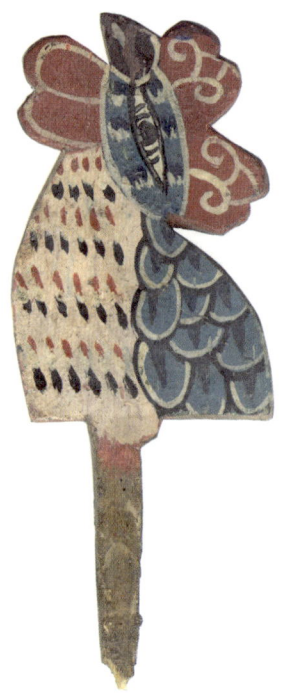

날아간 새

어머니와 로키산맥을 다녀왔다

작은 들꽃 하나에도 어머니는 '와!'를 외치신다
"이맘 때 우리 설악산도 만만치 않죠?"
"히- 설악산 아직 못 가봤어."

'날아간 새'라는 이름의 마을을 지났다
"이름 참 요상하다. 그쵸?"
"그러게, 누군가 날아간 새를 엄청 그리워했나 보지."

"와! 저 하얀 게 다 별이에요!"
밤의 로키산맥은 쏟아질 듯한 별들로 가득하다
그런데 어머니는 어째 조용하시다
당뇨로 앞을 못 보다 먼저 가신 아버지 생각 때문이다

하얀 밤하늘 속에서 어머니는 아버지 별을 찾고 계시고,
철없는 아들은 고개 꺾고 행운의 별똥별만 기다리고 있다

"찾았다!"
"어디?"

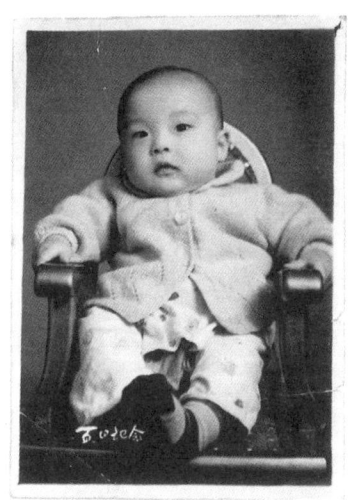

첫 번째 - 내가 아는 것

폭풍 직전의 하늘은 연한 청록색이다
가장 좋은 냄새는 학교 앞 문방구에서 방금 산 책받침 냄새다
어릴 적 들은 칭찬은 오래 기억된다
만두 속의 부추와 돼지고기 비율은 2대1이다
급한 일이 있더라도 몸이 불편한 사람 앞에서 뛰면 안 된다
밤하늘의 별들은 크리스마스 장식이 아니다
무대 공포증은 나보다 더 큰 나를 보여주려고 할 때 생긴다
부자들은 돈을 잘 펴가지고 다닌다
괜찮은 아이디어는 아침 샤워 중에 나온다
성격 급한 사람들이 항상 밥값을 먼저 낸다
하늘 아래 모든 것은 심리학이다
기회는 다시 온다
정말 필요한 것은 별로 없다

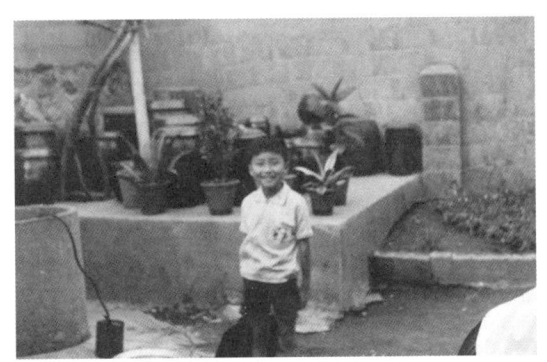

두 번째 - 내가 아는 것

달걀을 오래 삶아야 껍질이 잘 벗겨진다
흐린 날 밤 산속에선 바로 앞 내 손바닥도 안 보인다
깍두기 맛있는 집이 설렁탕도 맛있다
노을이 예쁘면 다음 날 날이 좋다
두부와 우유로 콩국수 물을 만들 수 있다
마음과 우주엔 위 아래가 없다
아무리 긴 시간도 지나고 나면 순간이다
비행기에선 방귀 소리가 안 들린다
엠파이어스테이트 빌딩에 못 올라가 본
뉴요커들이 대부분이다
짜장면을 먹으면서 짬뽕을 생각한다
밥 먹는 개를 건드리면 주인도 물릴 수 있다
검소함은 좋으나 인색하면 안 된다
내 것 중 원래 내 것은 하나도 없다

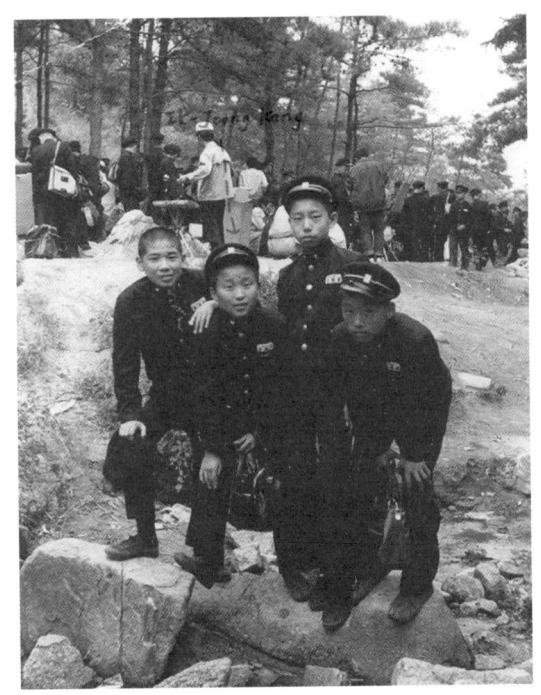

세 번째 - 내가 아는 것

가지는 마디를 맺으며 자란다
남자아이들은 발냄새가 머리에서 난다
요즘 알았는데 예습보다 복습이 중요하다
꽃이 피면 벌이 모인다
사랑은 끊임없는 충성이다
감싸고 보듬으면 피어난다
결국 정직이 정답이다
살다 보면 복권에도 당첨된다
호기심이 수재를 사랑이 천재를 만든다
모든 행동에는 이유가 있다
식당에 앉으면 냅킨부터 무릎에 올려놓는다
누구나 자기 우주의 대통령이다
들에 핀 꽃도 사랑을 안다

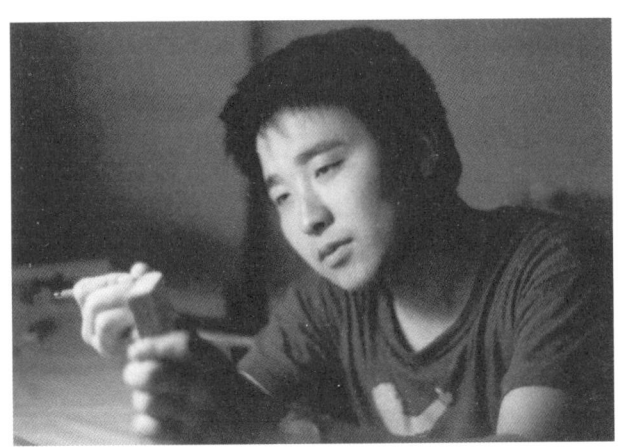

네 번째 - 내가 아는 것

뉴욕과 서울 날씨는 같이 간다
매일 조금씩 시간이 빨라진다
전기밥솥은 기능이 적을수록 좋다
만병의 근원은 성냄에 있다
양파를 자를 때 성냥을 입에 문다
등나무는 오른쪽으로 감으며 올라간다
화초는 바람이 통하는 곳에서 잘 자란다
신문은 사라져도 라디오는 죽지 않는다
나처럼 얼굴 큰 사람들은 안경이 어울린다
작품성과 음식 맛은 가격과 상관없다
맑고 부지런하면 행복해진다
내 분수를 아는 게 제일 힘들다
아이들은 칭찬으로 자란다

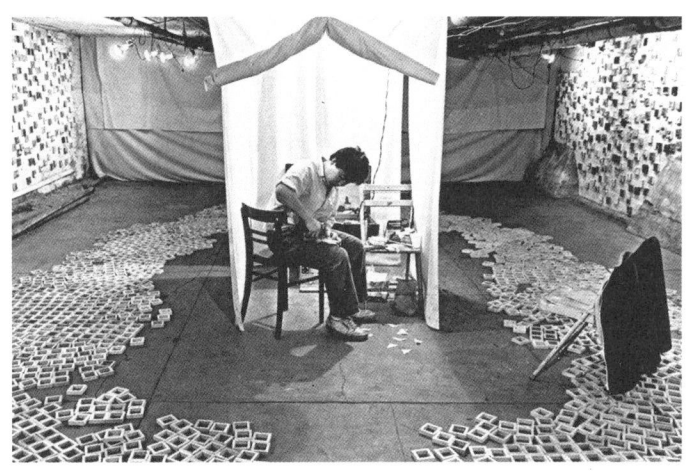

다섯 번째 – 내가 아는 것

아이들이 행복해야 살기 좋은 나라다
맨몸운동의 꽃은 턱걸이
자전거 탈 때 오른쪽 바짓단을 고무줄로 묶는다
텃밭 상추에 식초 탄 물을 뿌리면 벌레가 사라진다
버스 뒤에 앉아 책을 보면 꼭 멀미 난다
밥 태우고 이런저런 핑계를 대면 안 된다
간짜장과 짜장의 가장 큰 차이는 가격이다
결심 없이는 아무것도 이룰 수 없다
얼굴이 작은 사람은 어느 모자나 잘 어울린다
중국식당에선 차를 다 마시고 주전자 뚜껑을 열어놓는다
광어와 가자미는 눈의 위치를 보고 구별한다
나는 새도 내릴 때를 안다
마음은 몸을 몸은 세상을 움직인다

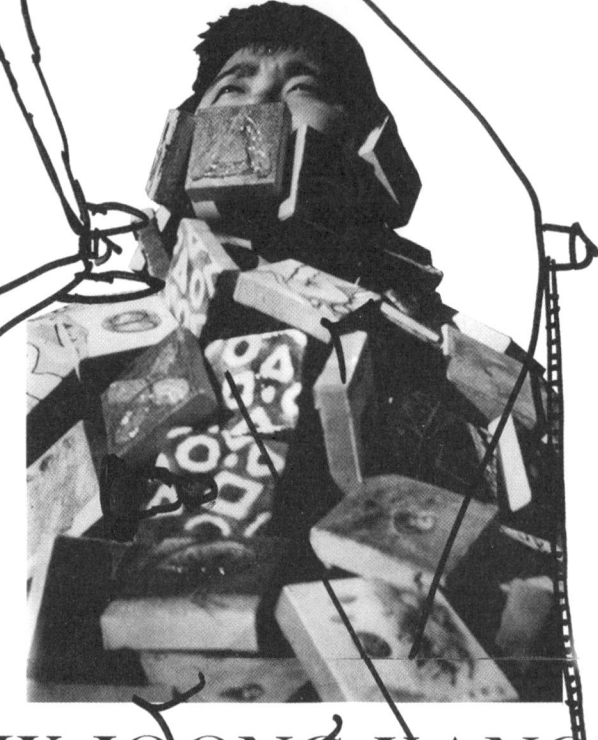

IK-JOONG KANG
ONE THOUSAND
PAINTINGS

October 2 - November 22, 1985
Monday - Thursday 9 AM - 8 PM · Friday & Saturday 11 AM - 5 PM · Sunday 1 - 5 PM
Reception: November 2, 5 - 7 PM.

Resnick Showcase Gallery, Brooklyn Campus, Long Island University
University Plaza, Brooklyn, New York (Flatbush Avenue Extension at DeKalb Avenue)

여섯 번째 - 내가 아는 것

산속에 물이 있고 물속에 산이 있다
다수가 원한다고 반드시 정답은 아니다
좋은 그림 좋은 음식 결국은 균형이다
봄바람이 잠자는 산과 들 그리고 나를 깨운다
행복은 아무리 작아도 충분히 크다
뭐든지 계속 생각하면 떠오른다
인생은 올라갈 때 계단은 내려갈 때 조심해야 한다
자전거를 먼저 배워야 오토바이를 탈 수 있다
비행기가 흔들릴 땐 그냥 자는 게 좋다
긴 줄의 맨 끝에 서 있어도 돌아서면 맨 앞이 된다
대체로 장인이 대단하면 사위가 힘들다
방금 삶아 찬물에 헹군 소면이 제일 맛있다
멀리 가면 나를 볼 수 있다

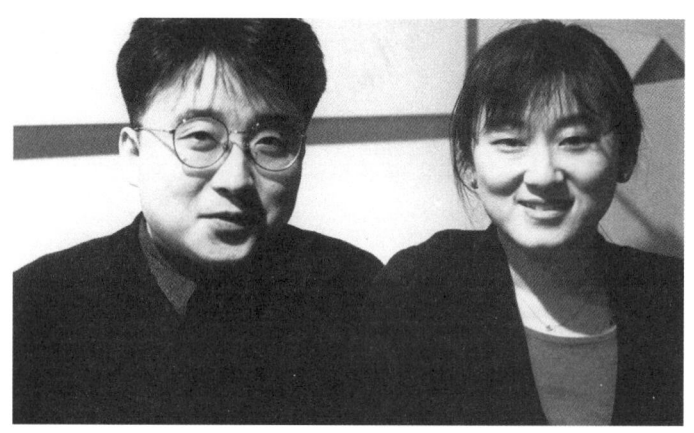

일곱 번째 – 내가 아는 것

우울할 땐 청양고추다
사람 얼굴은 하루에 세 번 변한다
맨발로 자갈밭을 걸으면 변비가 사라진다
화초는 물과 햇볕 바람으로 자란다
길에서 담배 피우다 지나가는 아이 눈 다친다
뉴욕 아파트와 여객선실은 위층으로 갈수록 비싸다
걸을 때 다리를 쭉 펴면 어깨도 펴진다
어느 집이든 둘째가 제 밥값을 한다
공공장소에서 함부로 신발을 벗지 않는다
당황하면 내 이름도 생각나지 않을 때가 있다
슬리퍼 신고 운전하다 급발진 사고 난다
라면 스프는 반만 넣고 나중에 볶음밥에 넣는다
누구나 오래 기억되길 바란다

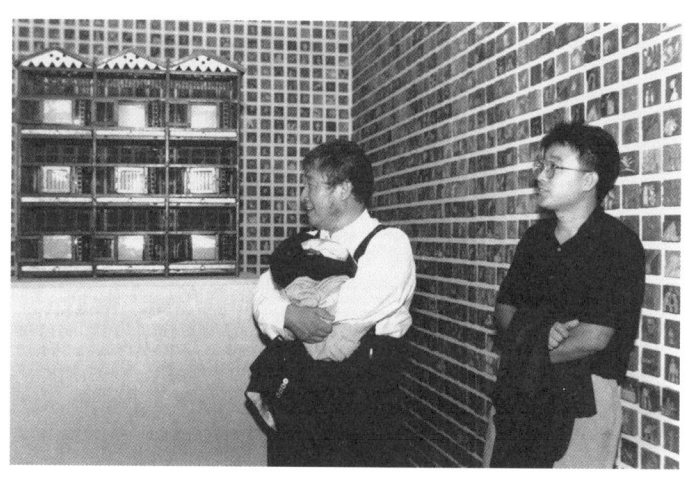

여덟 번째 - 내가 아는 것

얼굴은 마음의 그림이다
식사 후 동네 한 바퀴는 걸어야 한다
초점이 맞아야 꿈이 이루어진다
평양 고려호텔의 샹들리에를 떼불알이라고 부른다
원조 칼국수 맛의 비밀은 국물에 있다
산꼭대기엔 집을 짓지 않는다
고향 우물가 등목이 제일 생각난다
일하면서 배웠는데 잘 익은 수박은 배꼽이 작다
호주의 딩고와 우리나라의 진돗개가 닮았다
아궁이 회벽 맨 위의 색이 우리 백자색이다
한낮의 고궁에선 시간이 멈춰서 있다
좋은 친구는 내가 만든다
글씨는 마음이다

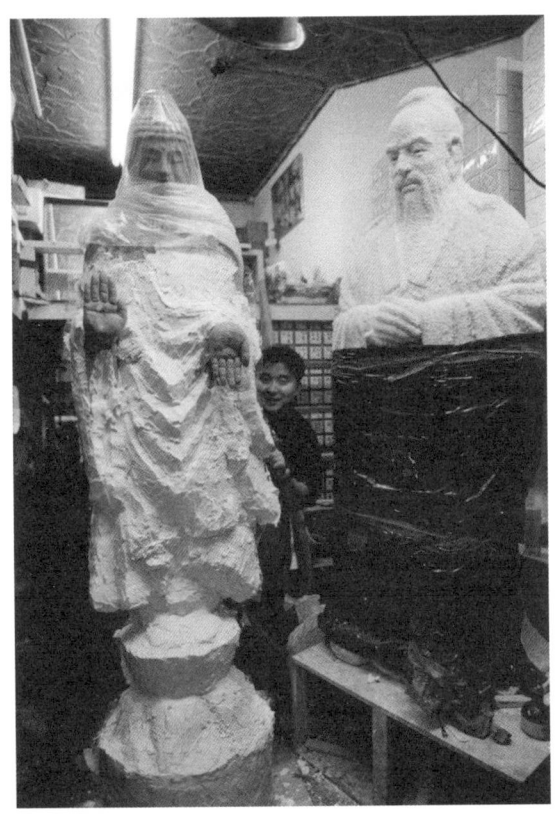

아홉 번째 - 내가 아는 것

라면은 먹을수록 당긴다
창덕궁의 홍매화 덕수궁의 산벚꽃 순서로 핀다
프라이팬은 뜨거울 때 닦는다
소금은 양파의 매운맛을 없앤다
이대로 가다가는 결혼제도가 사라질 것 같다
싸다고 맛없으면 싼 음식이 아니다
KTX에 입석 할인이 있는지 오늘 알았다
성격 급한 개나리 진달래는 꽃이 잎보다 먼저 핀다
걸으면 걸을수록 생각이 다져진다
절차가 복잡할수록 내용이 없다
골 넣는 상상을 하는 선수가 골을 넣는다
음식은 치우면서 만든다
말은 생각의 거울이다

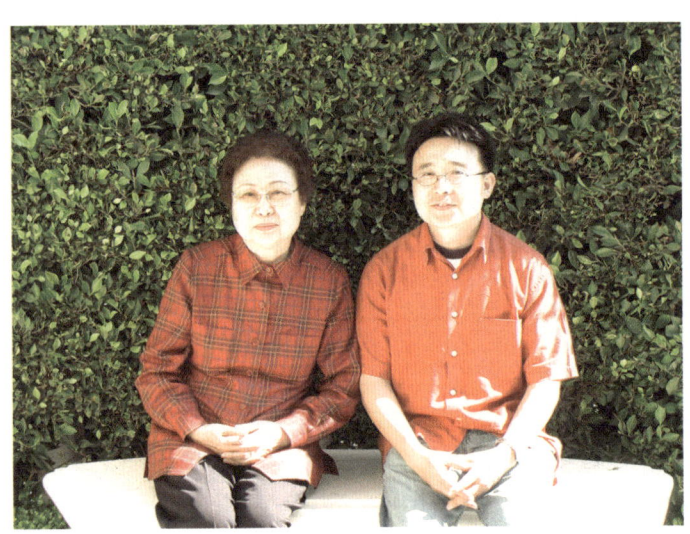

열 번째 – 내가 아는 것

간판이 예뻐야 가게가 산다
어느 나라든 차이나타운은 시청 옆에 있다
우루과이의 겨울 바다는 초콜릿 색이다
사장이 착해야 직원들이 행복하다
안타깝게도 구두 뒤축이 제일 빨리 닳는다
축구도 체력 그림도 체력이다
어디든 목소리 큰 사람이 있다
토끼는 토끼굴에 여우는 여우굴에 산다
대체로 나이가 들면서 잔소리가 는다
나는 튀김옷에 맥주와 달걀흰자를 넣는다
뉴욕 지하철에선 휴대전화가 잘 안 터진다
잘살아도 양보 없는 나라가 후진국이다
남북이 풀리면 세계가 풀린다

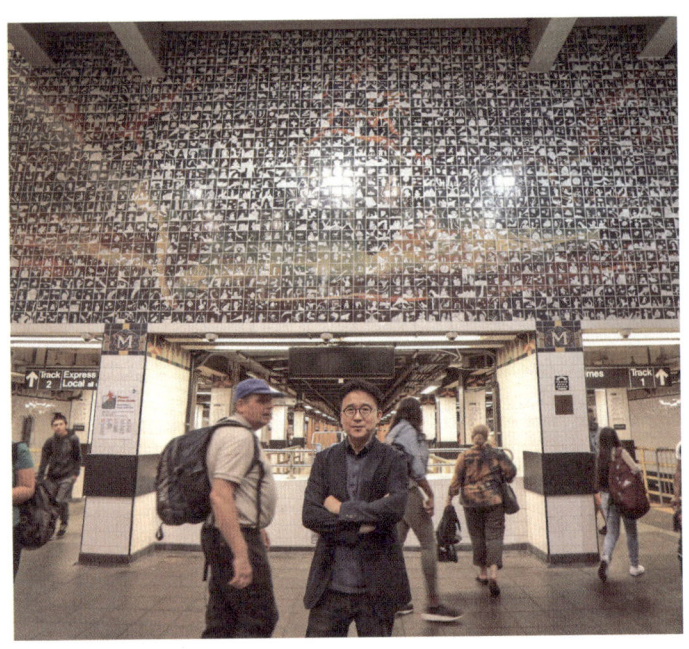

열한 번째 - 내가 아는 것

라면은 면발이 붇기 전에 끝내야 한다
안타깝게도 여자들은 키 큰 남자를 좋아한다
친구 가발 가지고 놀리는 게 가장 못된 짓이다
위가 아플 때 흑설탕이나 감자즙이 좋다
맨발로 돌아다니면 난 발뒤꿈치가 아프다
아르헨티나에는 무지개 산이 있다
난 잘생긴 사람보다 착한 사람이 좋다
변비엔 날고구마가 제일 빠르다
개싸움이 사람 싸움 된다
솔직히 말해서라는 말을 들을 때 제일 민망하다
팥빙수를 갑자기 퍼먹으면 머리에 쥐가 난다
푸짐하고 맛있으면 식당은 대박 난다
말이나 사람이나 발목이 가늘어야 빨리 뛴다

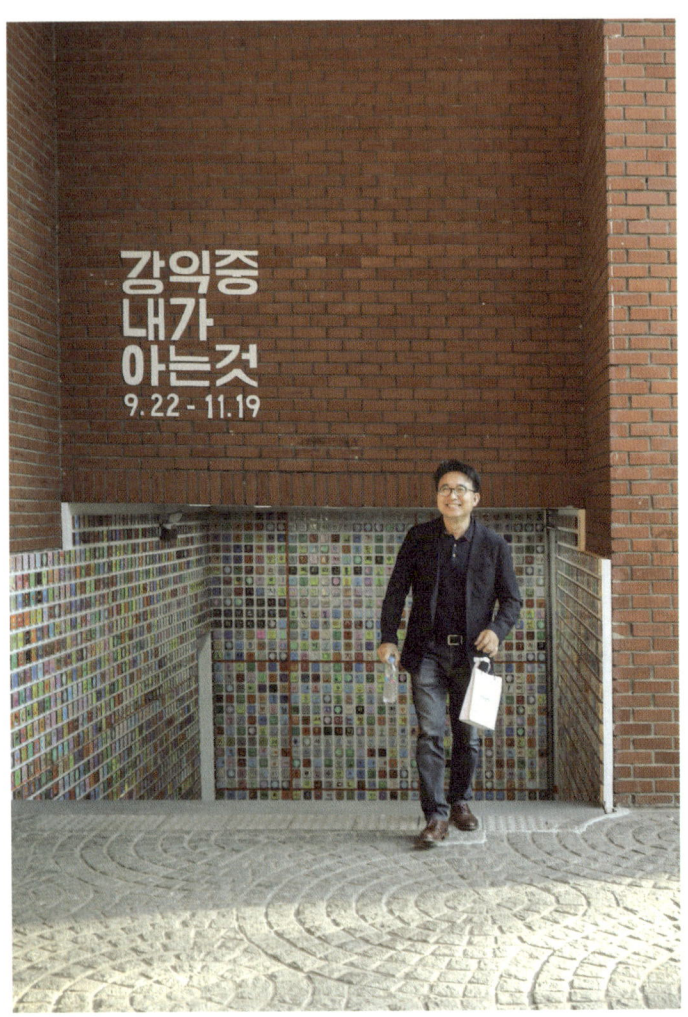

열두 번째 – 내가 아는 것

힘을 빼야 멀리 던진다
장터국수는 멸치로 국물을 낸다
내려와야 다시 오를 수 있다
기회는 유혹을 몰고 다닌다
아무리 바빠도 개밥은 제때에 주자
욕심을 버리면 눈이 맑아 보인다
걷는 자세가 좋아야 구두 뒤축이 오래 간다
비냉이냐 물냉이냐 그것이 문제로다
배고픈 건 참아도 목마른 건 참기 힘들다
식당 주인이 재료값 아끼다 손님들 도망간다
이를 닦을 때 수도꼭지를 꼭 잠근다
좋은 글씨는 보기 좋은 글씨다
가는 연줄도 바람을 탄다

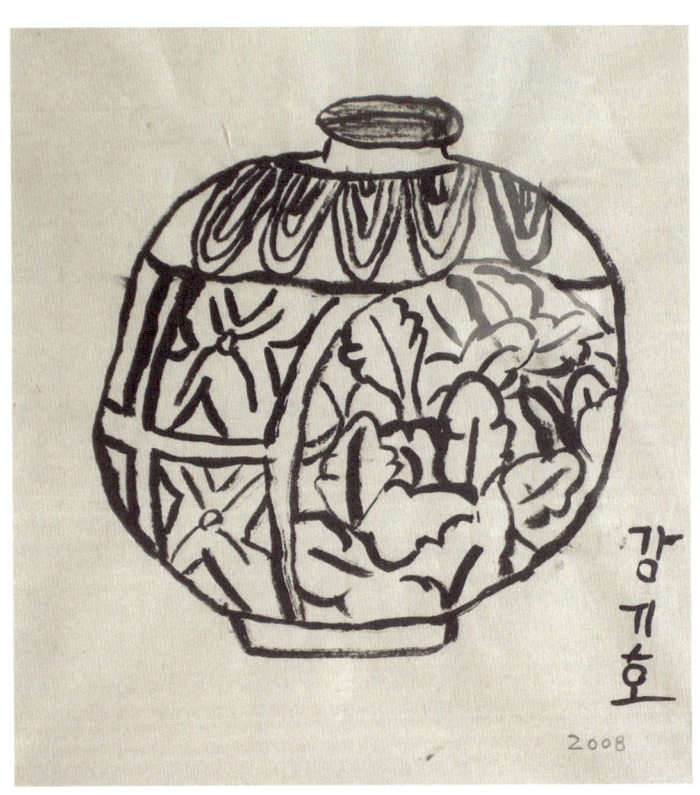

감기호

2008

아들의 첫 연애

기호가 연애를 한다고 알려왔다
그냥 그러냐고 대답했다
무심한 듯 아무렇지 않은 듯
누군지 어떤 사람인지 궁금하지만
꾹 참고 있다
아들이 메일로 사진을 보내왔다
여자친구가 마르고 똑똑해 보인다
엄마에게도 보냈다는데
아내도 일주일째 아무 말이 없다
나도 기호도 기다리고 있다
아마 여자친구도

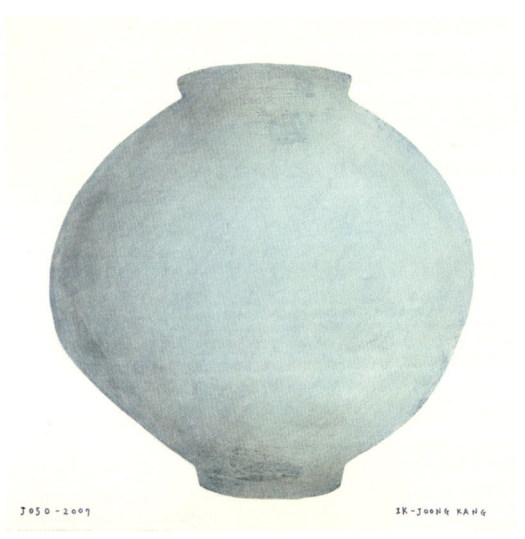

JOSO-2009   IK-JOONG KANG

기억

하루를 살아도
백년을 살아도
기억의 무게는
같다고 들었다
아이의 기억과
어른의 기억이
같다고 들었다
하나가 보이면
하나가 빠지고
하나가 나가면
하나가 담기고
앞으로 이제는
아무리 급해도
착하고 겸손한
기억만 심겠다

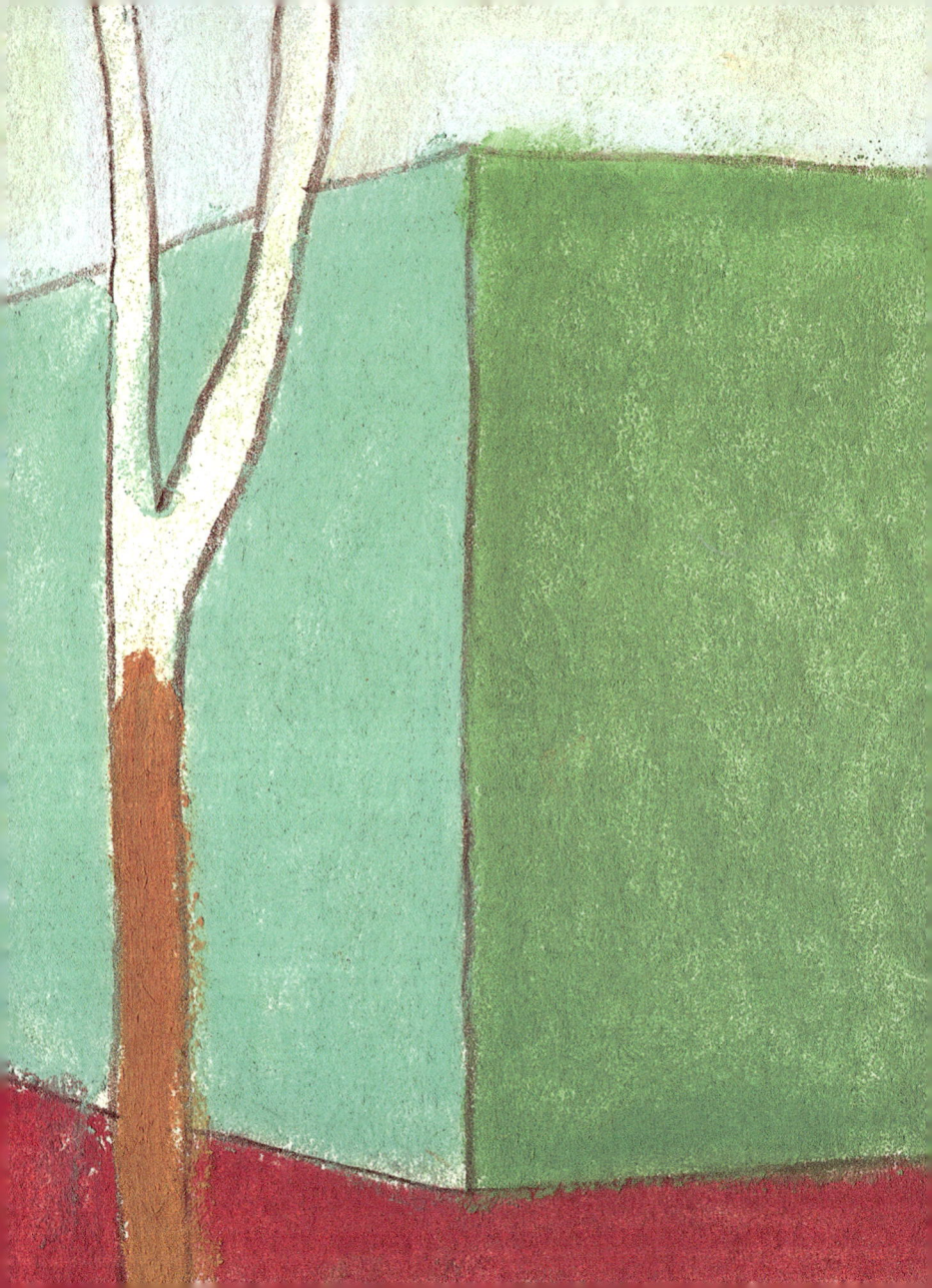

시

나는 시를 새벽에 쓴다
꿈에 본 걸 쓰려고
나는 시를 낮에 쓴다
낮에 본 걸 쓰려고
나는 시를 늦은 밤에 쓴다
오늘 본 걸 쓰려고
나는 시를 쉰 넘어 쓴다
살며 본 걸 쓰려고
아니다
나는 시를 그냥 쓴다
나는 시를 아무 때나 쓴다
그림처럼
나는 생각없이 쓴다

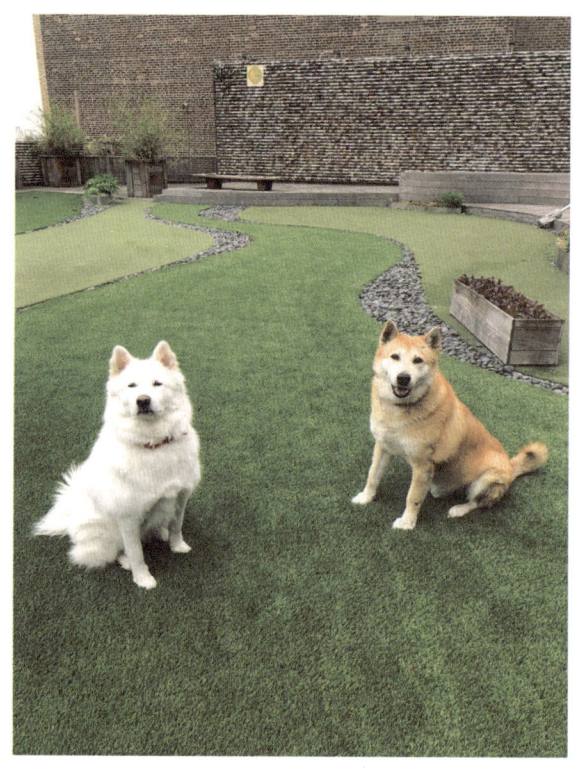

한 식구

천둥과 번개는 한 식구인데
번개가 먼저다
짬뽕과 짜장면은 한 식구인데
나는 짜장면이 먼저다
기쁨과 감사는 한 식구인데
감사가 먼저다
몸과 마음이 한 식구인데
마음이 먼저다
남과 북은 한 식구인데
아이들이 먼저다

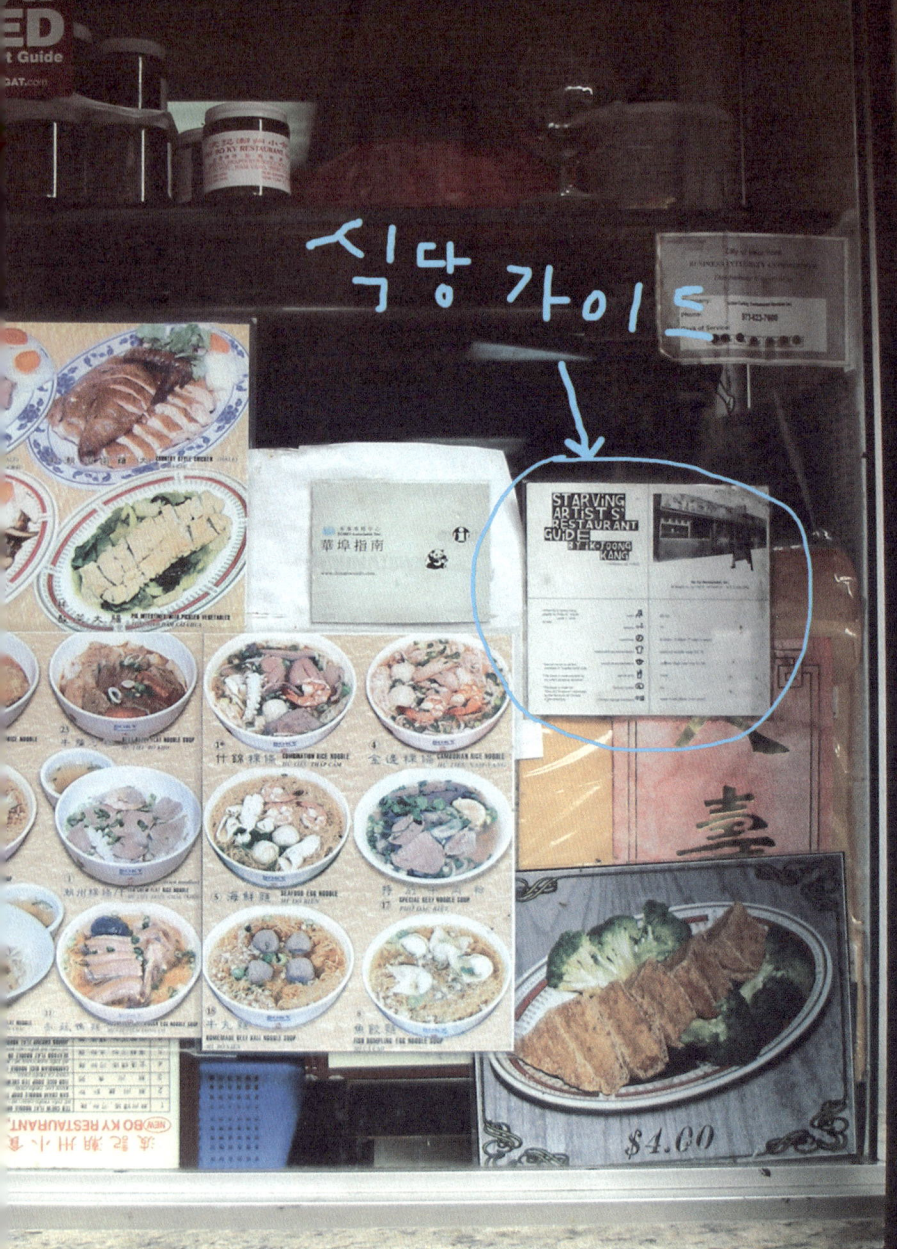

식당 가이드

내가 좋아하는 식당

주인이 착한 식당이 좋다
손님들이 웃고 나오는 식당이 좋다
간판이 크지 않은 식당이 좋다
벽에 달력이 붙어 있는 식당이 좋다
주방이 슬쩍 보이는 식당이 좋다
음식 냄새가 골목까지 퍼지는 식당이 좋다
허름하지만 깨끗한 식당이 좋다
소박한 사람들이 모이는 식당이 좋다
천장에 작은 선풍기가 도는 식당이 좋다
아니 그냥
맛있는 식당이 좋다

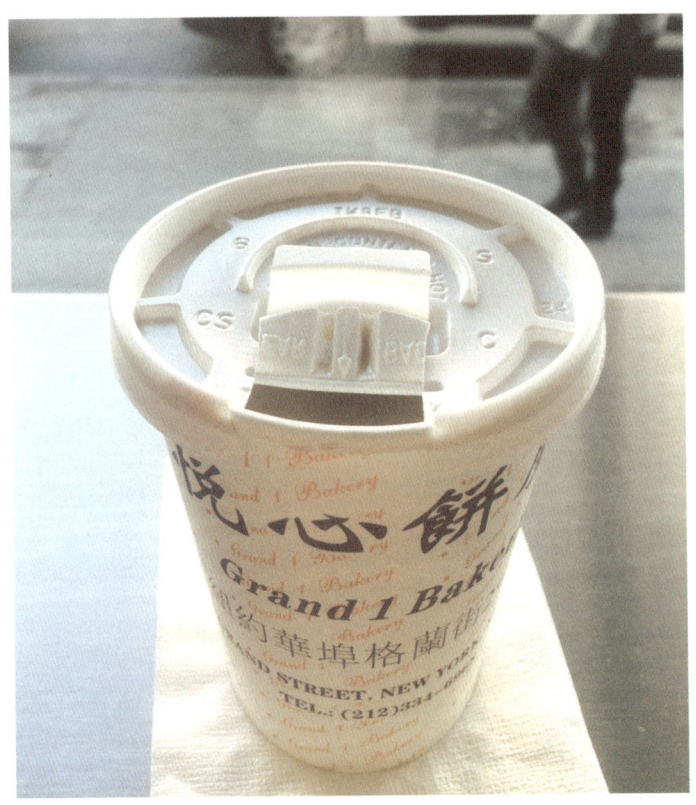

미세먼지

산 넘어 물 건너
여기까지 왔는데
오자마자 푸대접해서
일단 미안하다
다음 생에 다른 모습으로 태어나면
기분 좋게 만나보자
마스크를 벗고
창문도 활짝 열고
하품도 맘껏 하고
아이들과 놀기도 하고
참, 궁금한 것 한 가지
근데 정말
너는 누구냐?
내가 어릴 땐 없었는데
눈이 침침
목이 칼칼
여기저기 콜록콜록
부탁이다
눈이 맑은 사람들은 피해가라
웃는 사람들은 건들지 마라

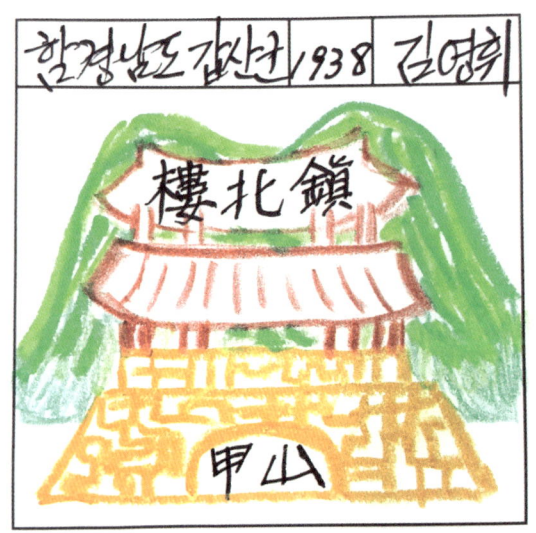

함경남도 갑산군 1938 김영희

樓北鎮

甲山

원래 그대로이다

생각이 들어오고 나가도
마음은 원래 그대로이다
물이 흘러오고 흘러가도
강은 원래 그대로이다
권세가 일어나고 무너져도
땅은 원래 그대로이다
별이 죽고 다시 태어나도
나는 원래 그대로이다

ㄹ	L	R	린	라디오
ㅂ	B	V	뷔	빅토리
ㅈ	J	Z	ㅈ	지퍼
ㅌ	T	TH / θ	튼	땡큐
ㅍ	P	F	픞	프랑스

달 별

달이
인류 최초의
텔레비죤이라면
별은
인류 최초의
시네마다

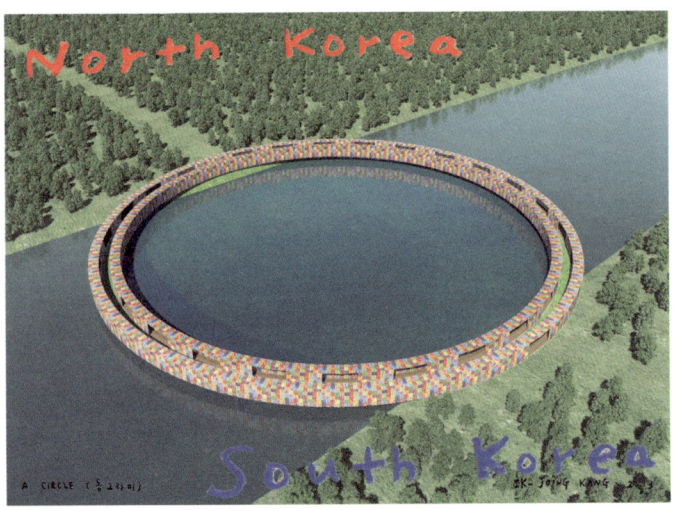

North Korea

South Korea

A CIRCLE (한 개 의 동그라미)   EK-JONG KANG

통일이 되어도

통일이 되어도 나는 울지 않을 것이다
임진강에 다리가 놓이고 휴전선이 박살나도
나는 기뻐 뛰지 않을 것이다
나는 그저 죄 없이 돌아가신 우리들의 어머니와
아버지에게 무릎 꿇고 희망뿐인 아이들을 껴안을 것이다

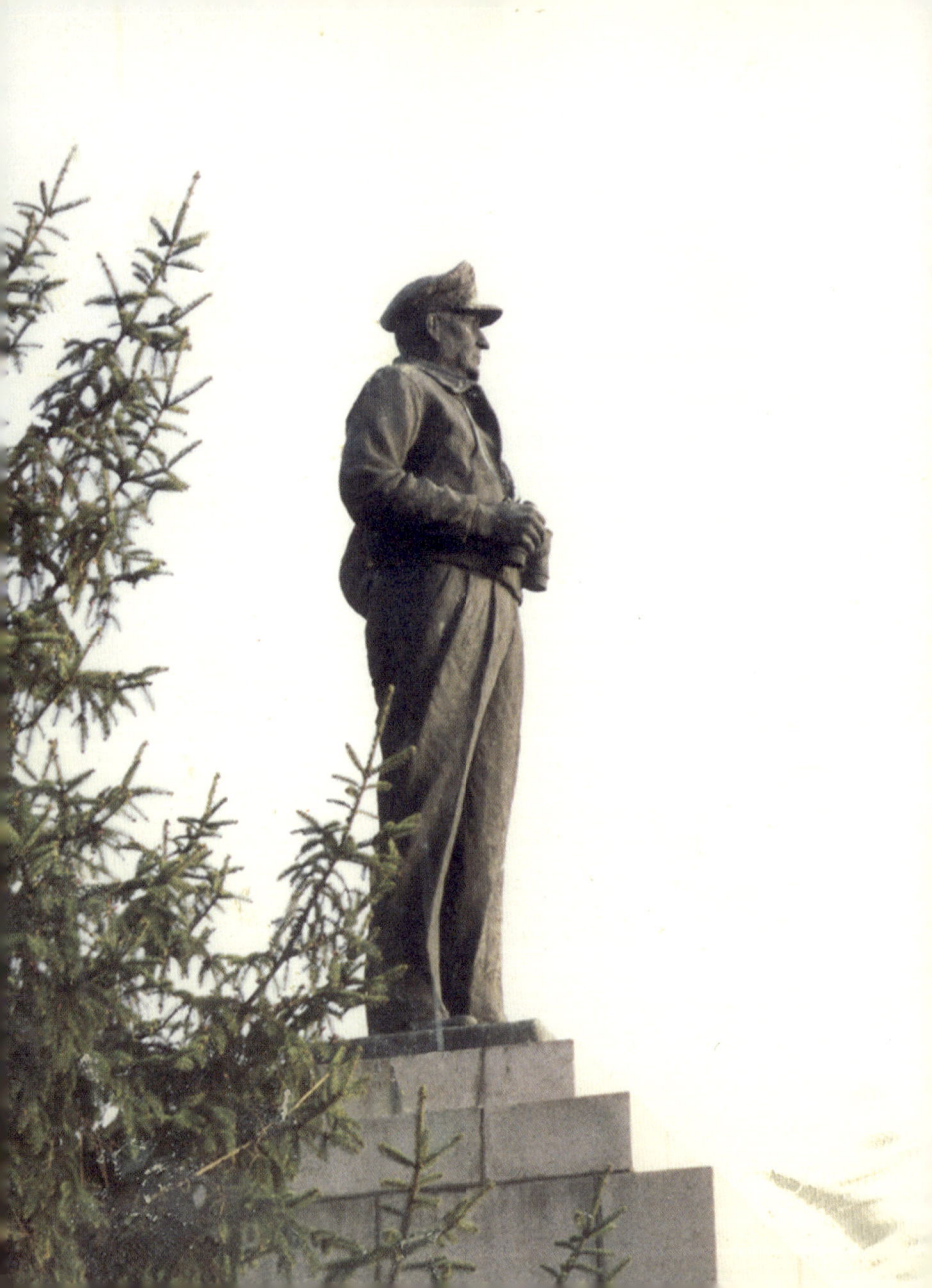

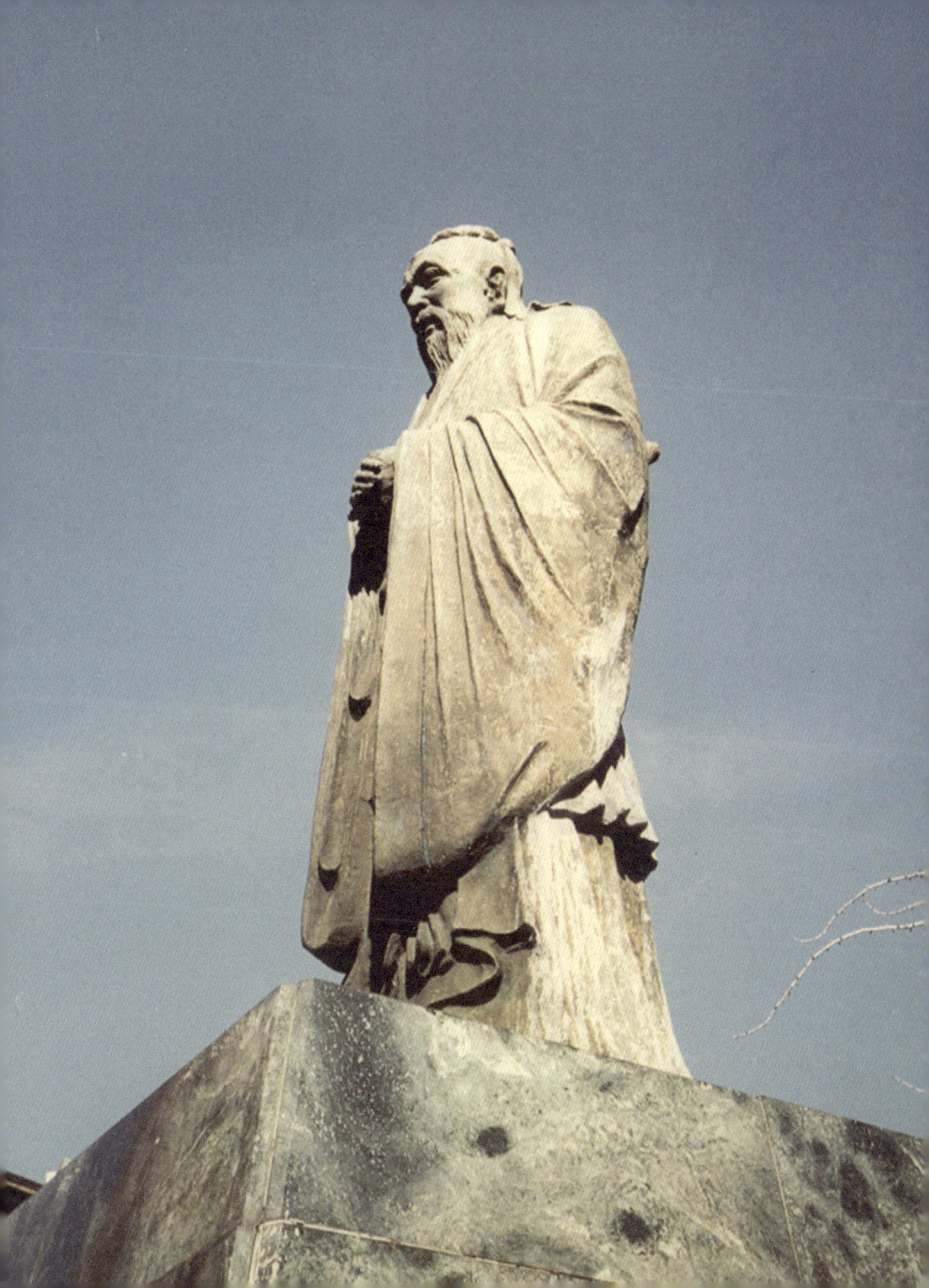

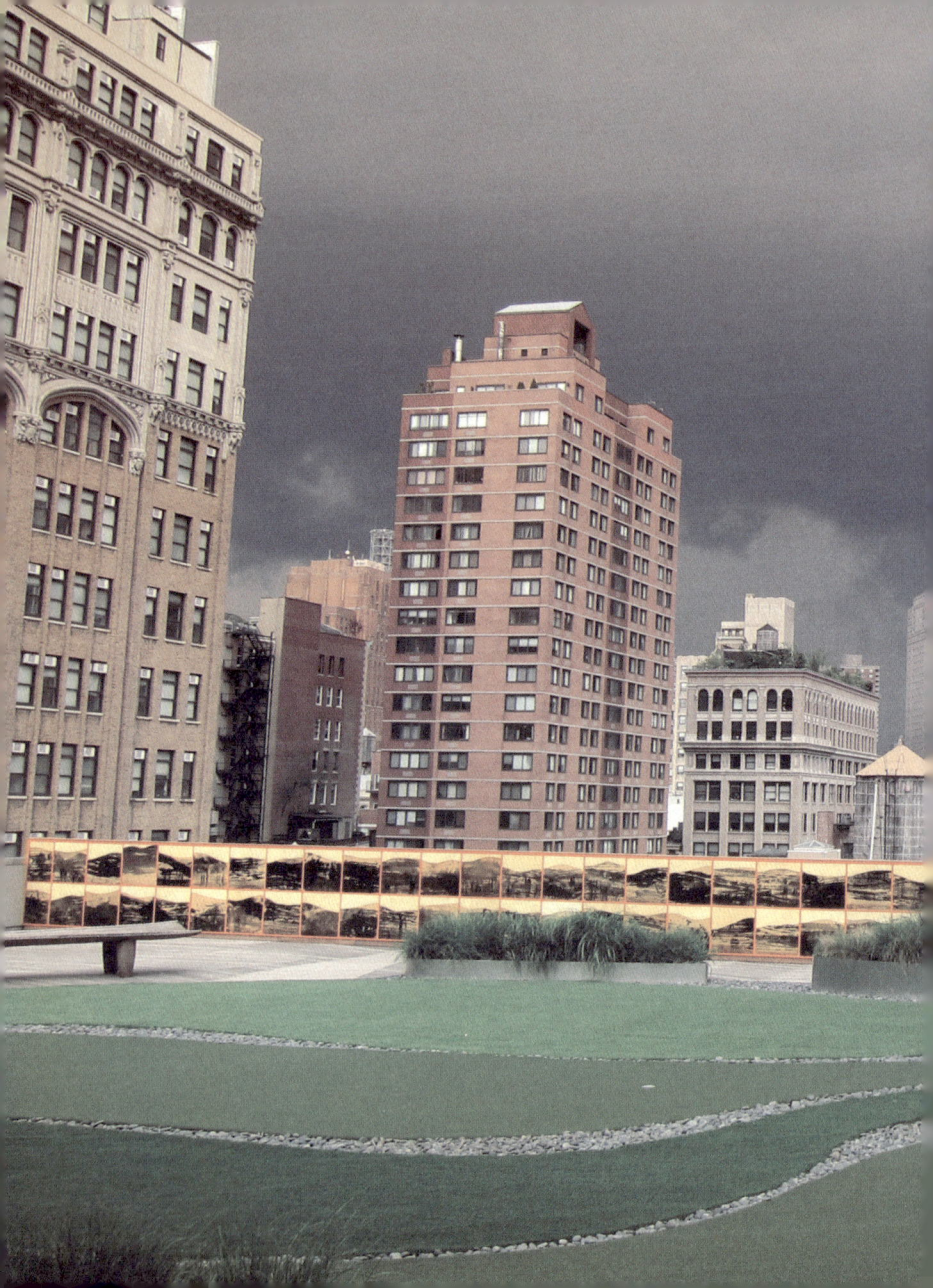

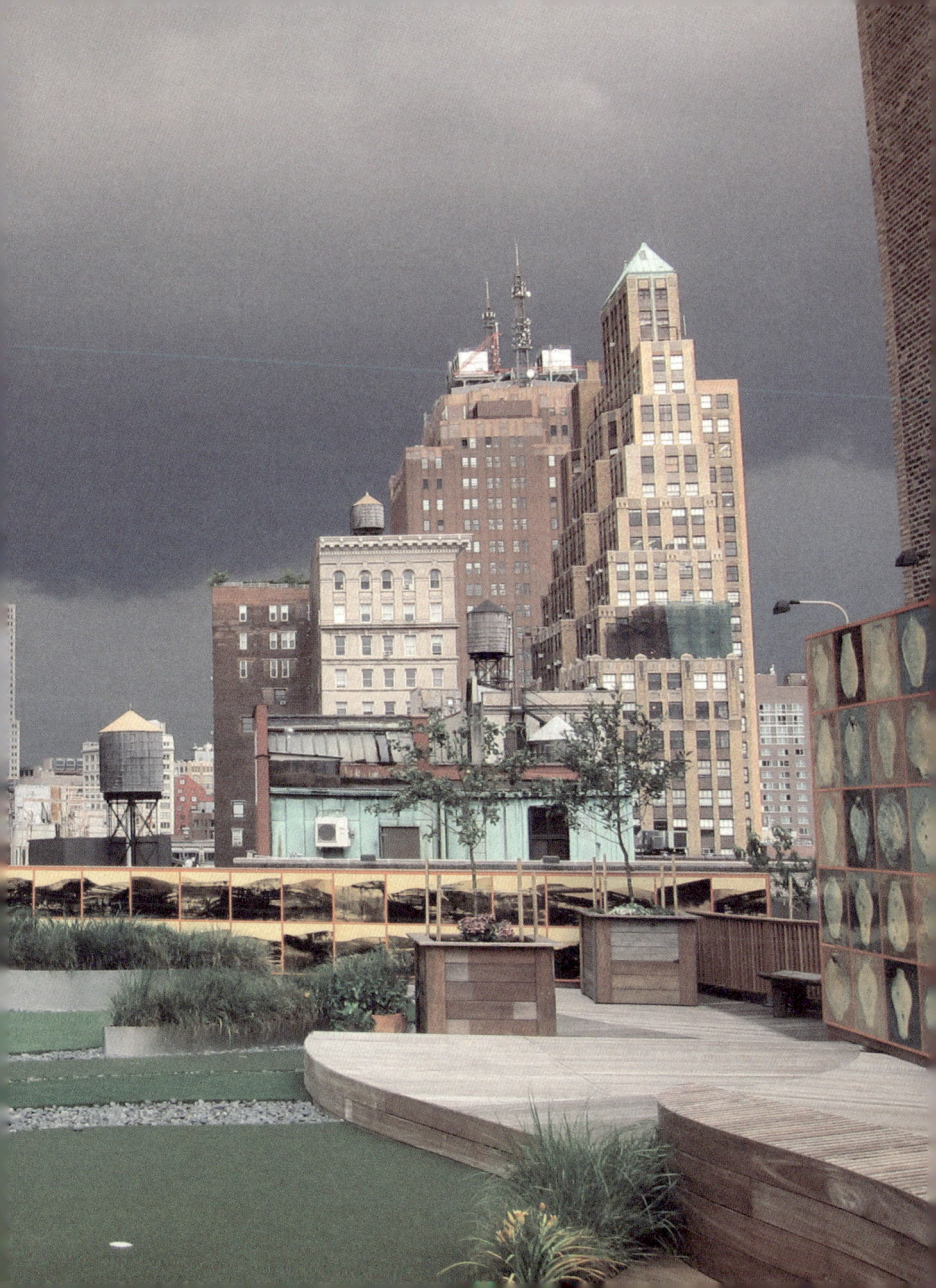

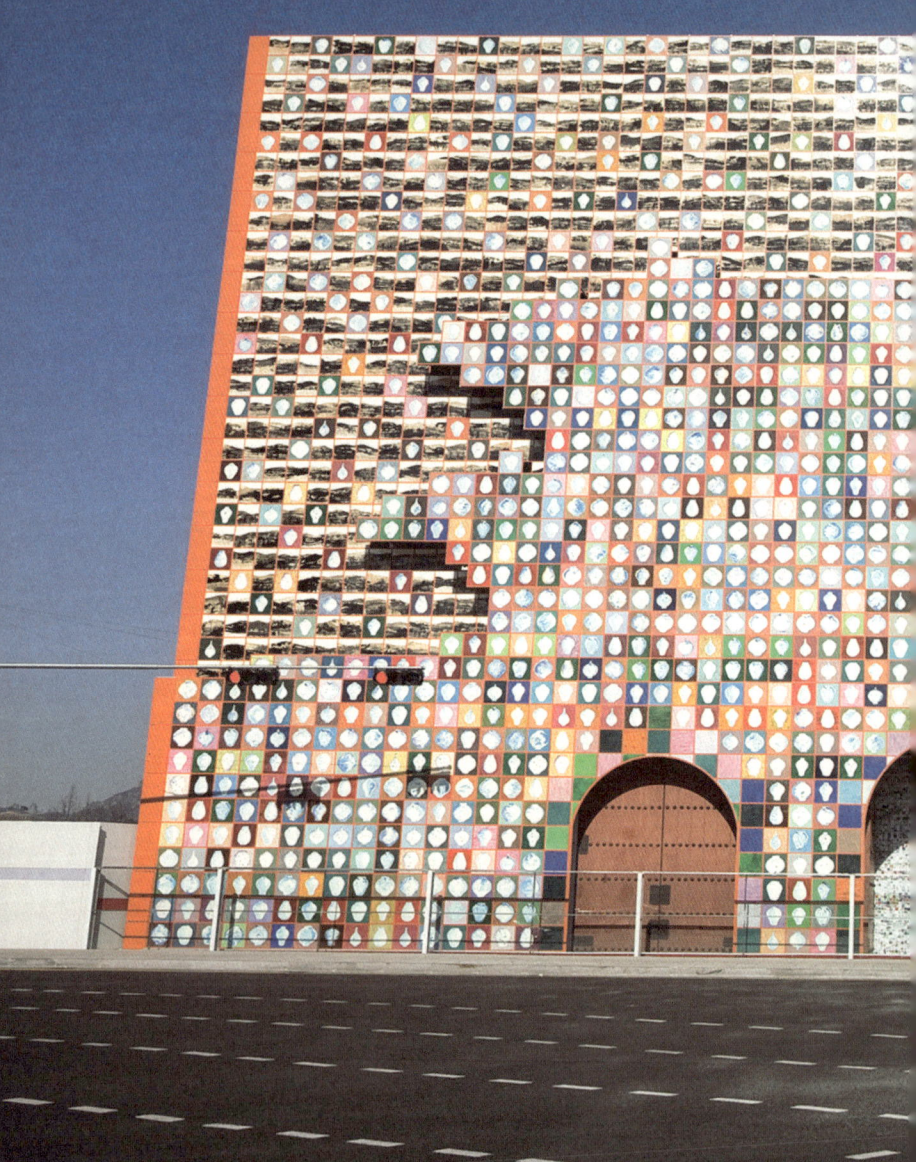

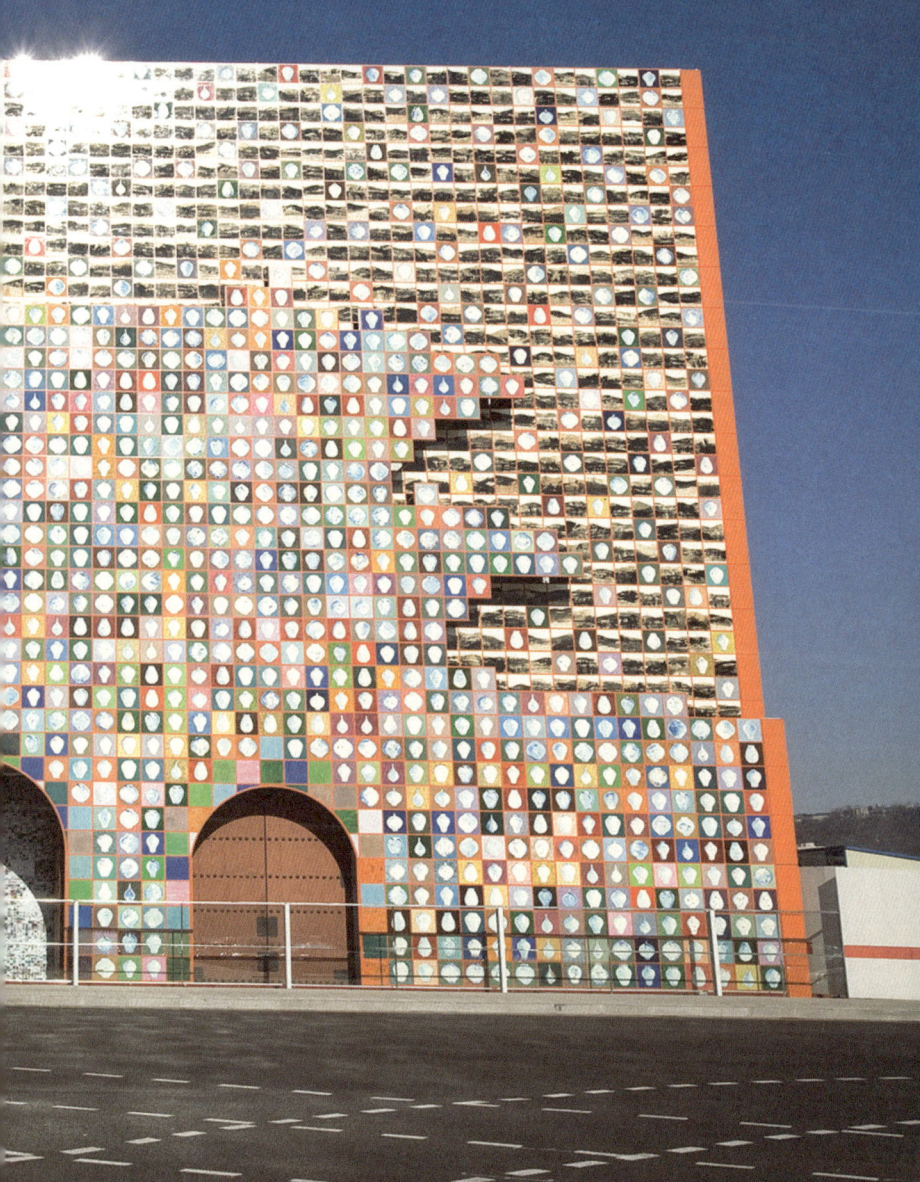

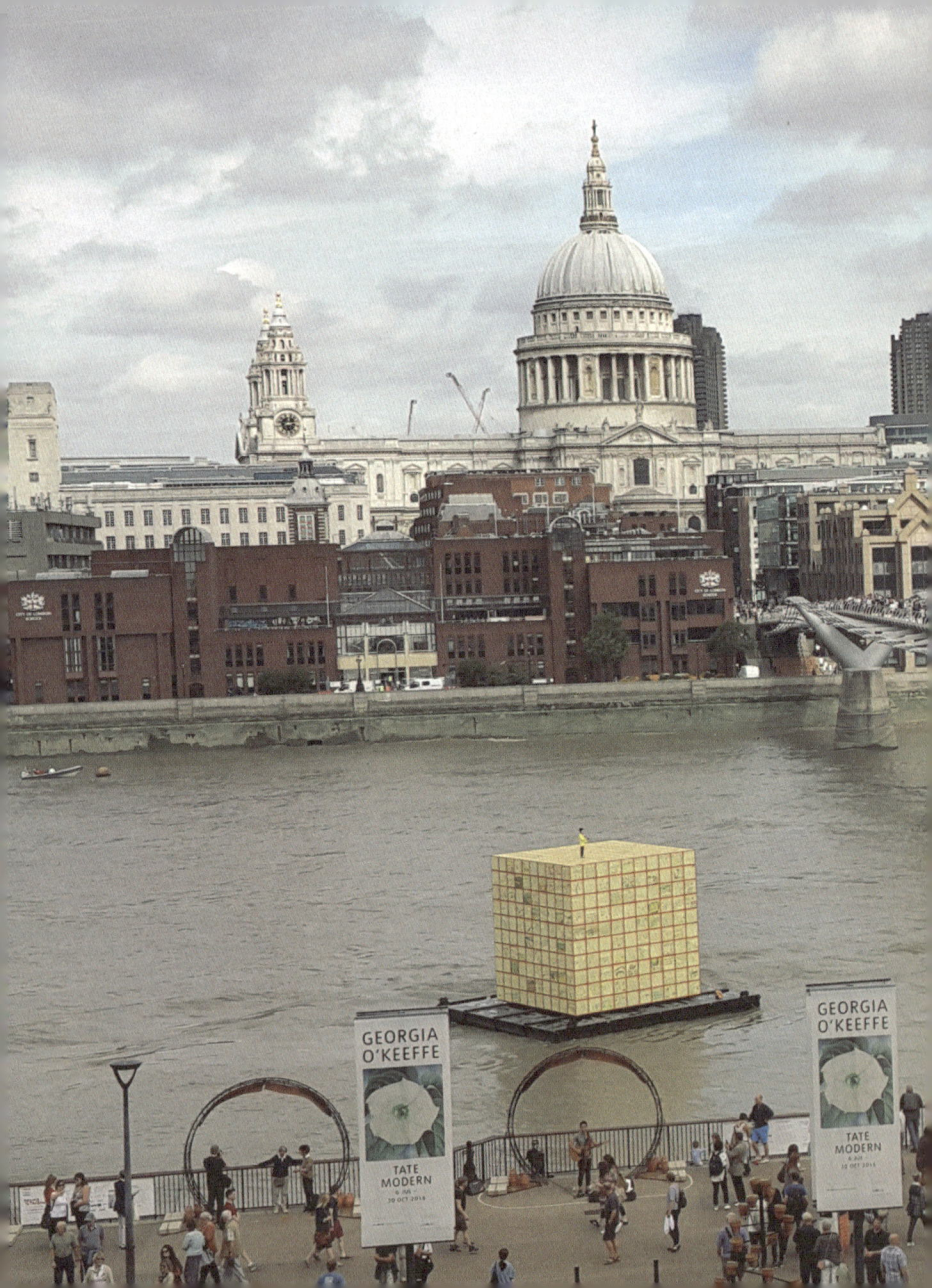

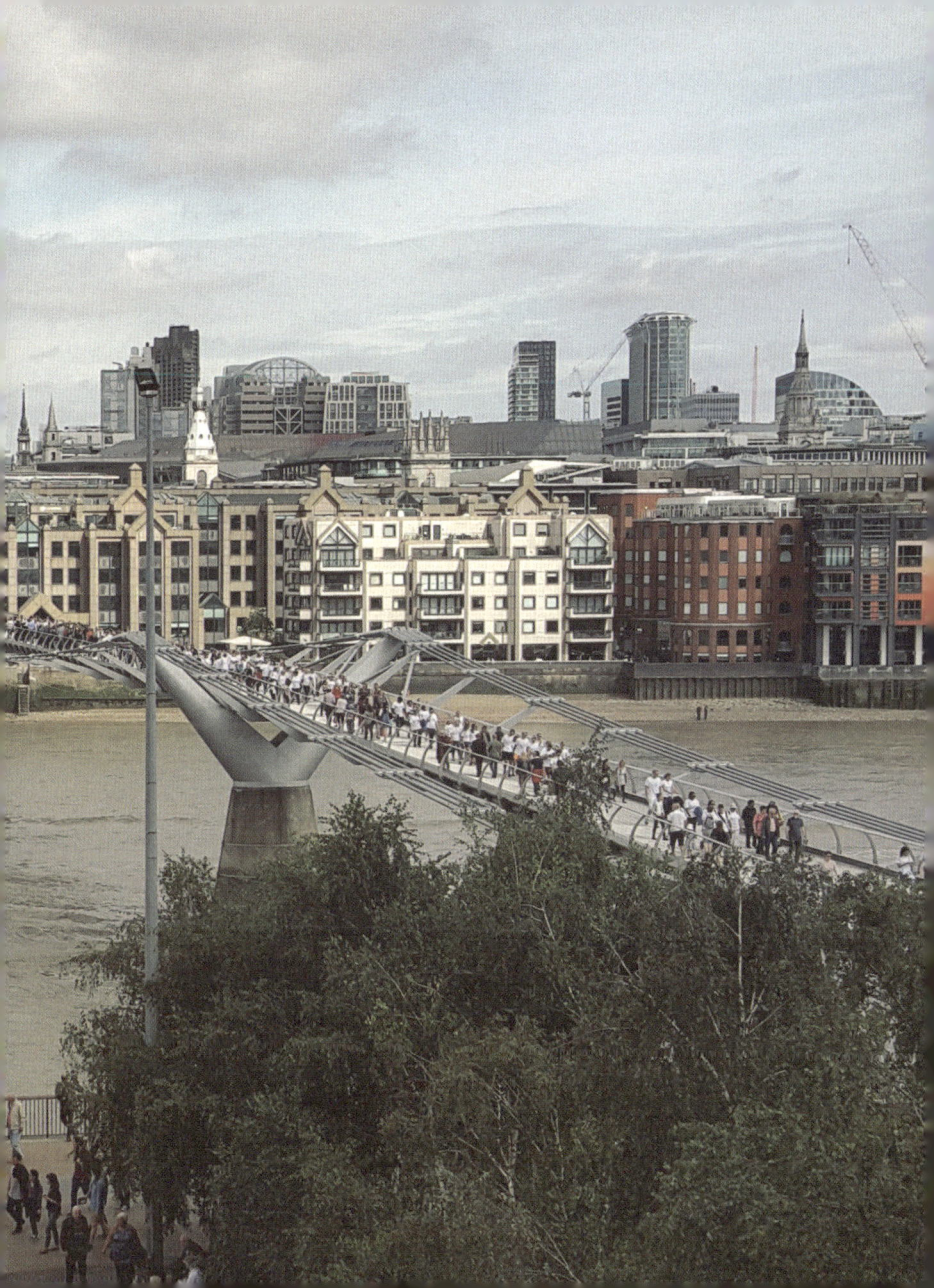

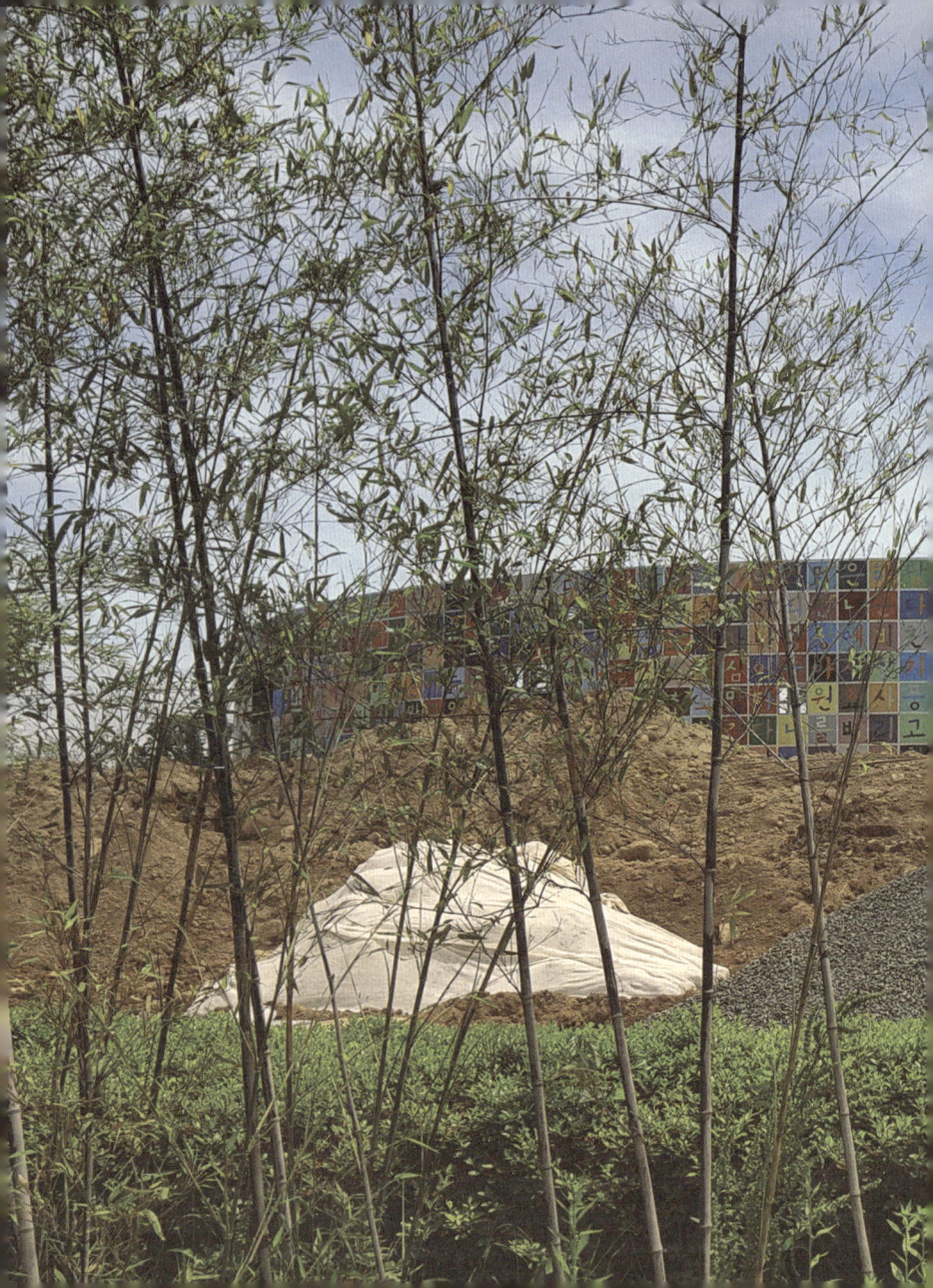

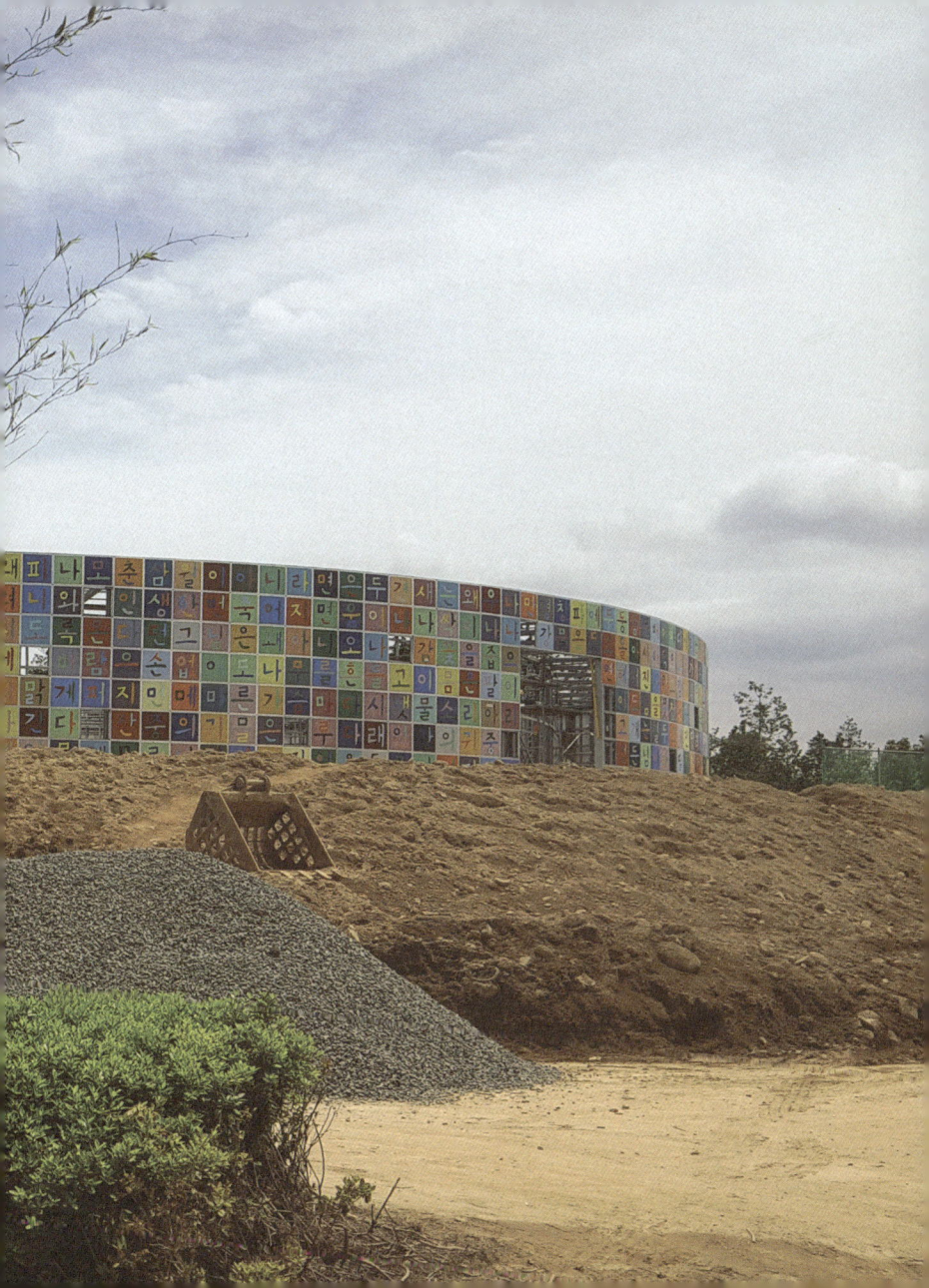

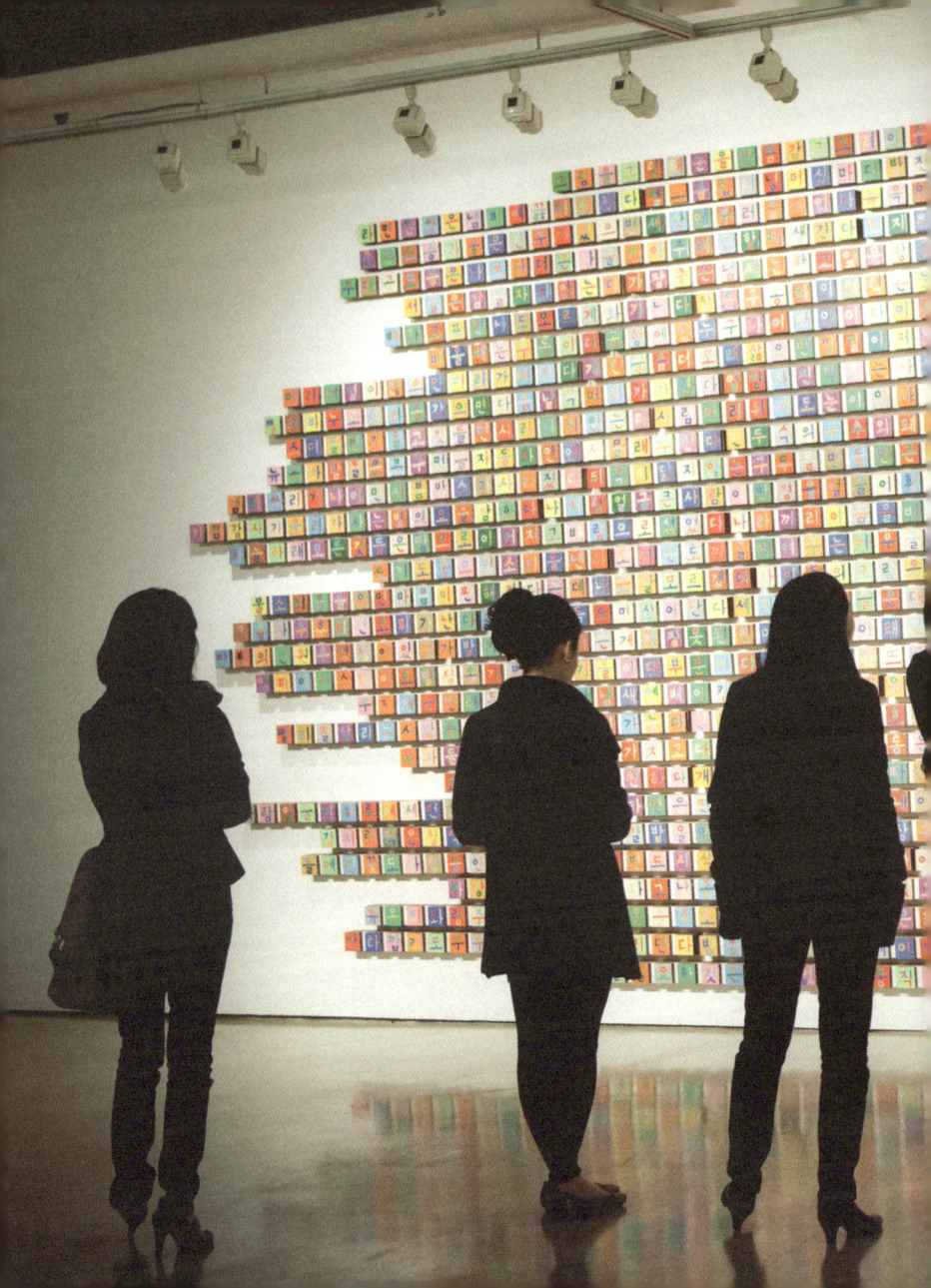

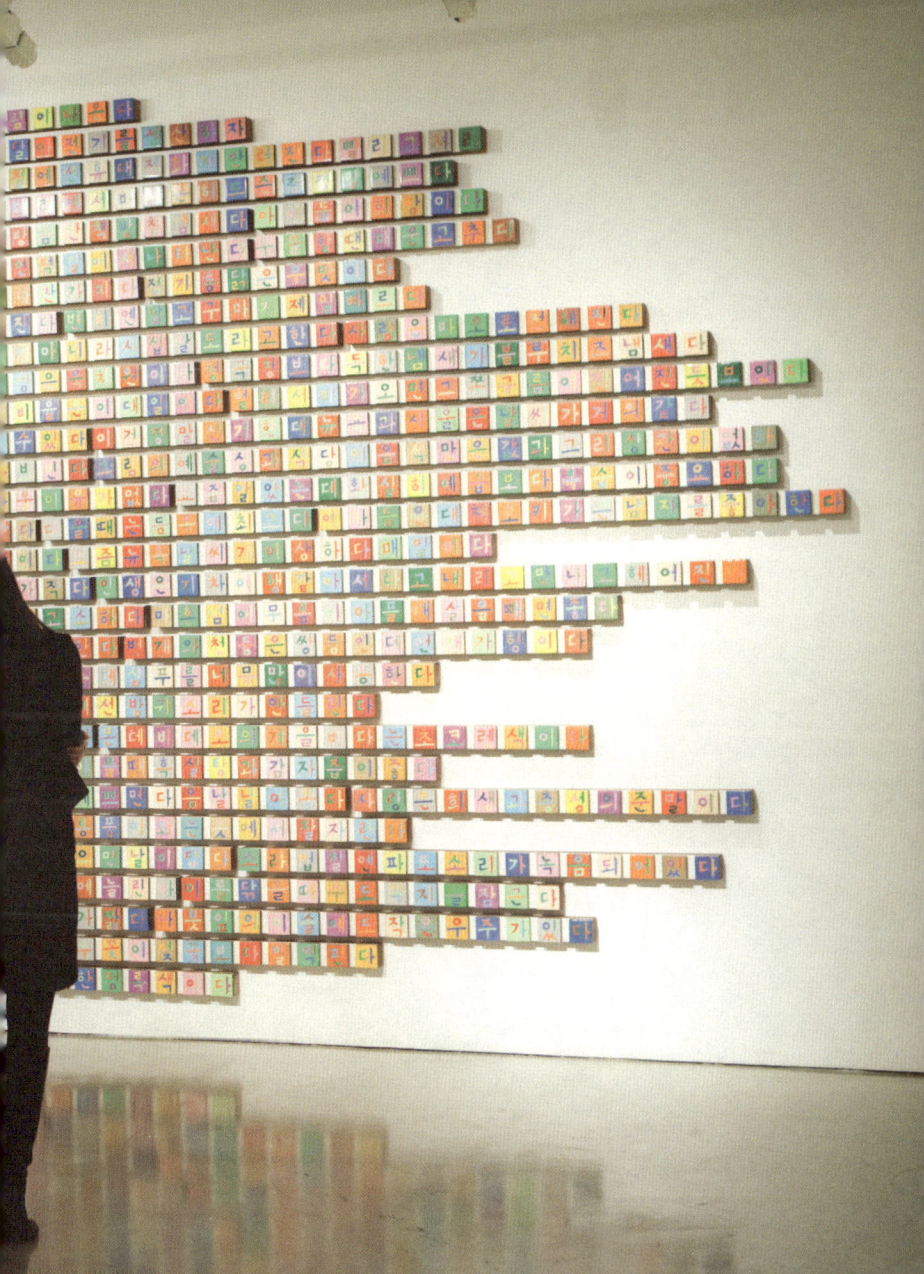

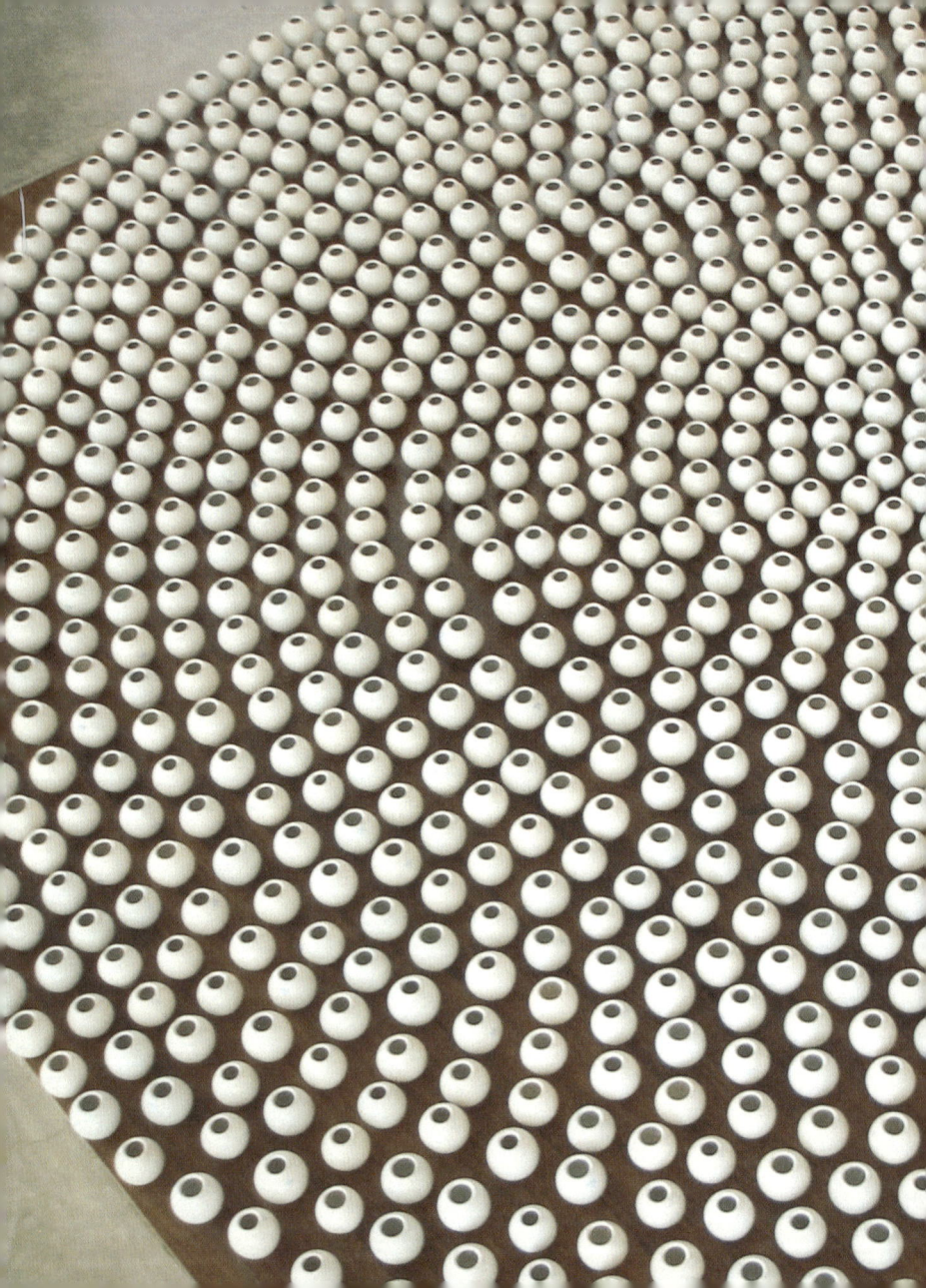

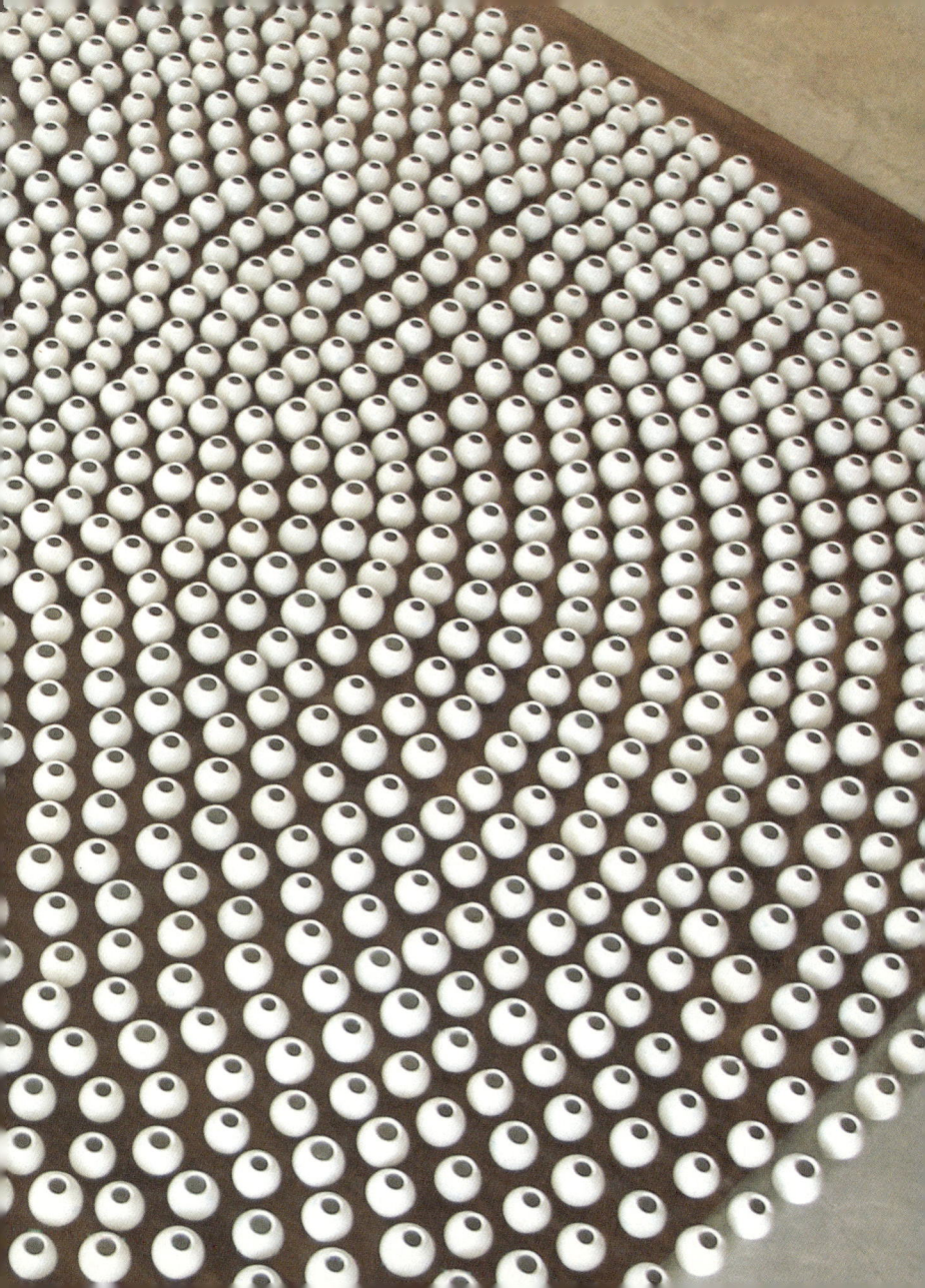

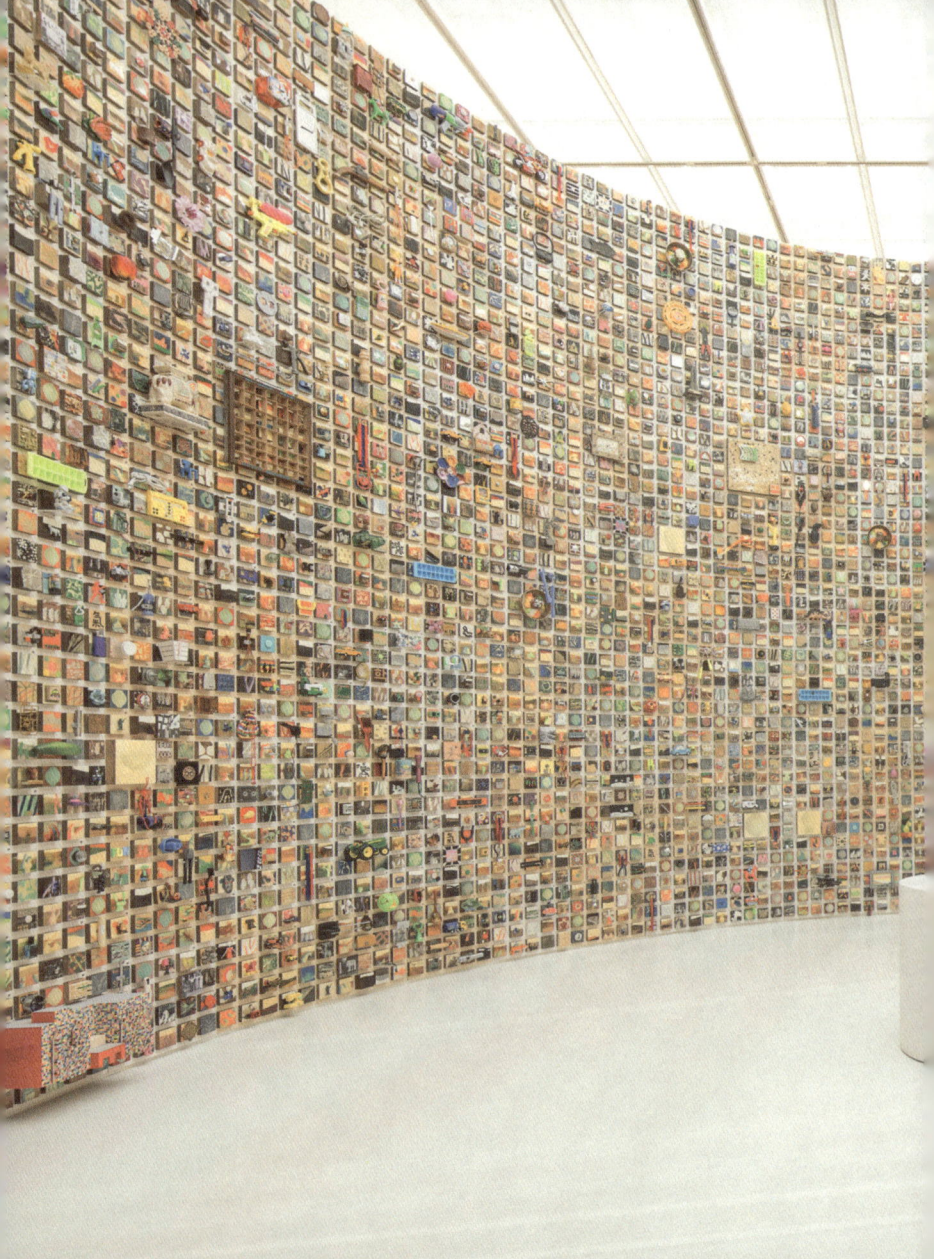

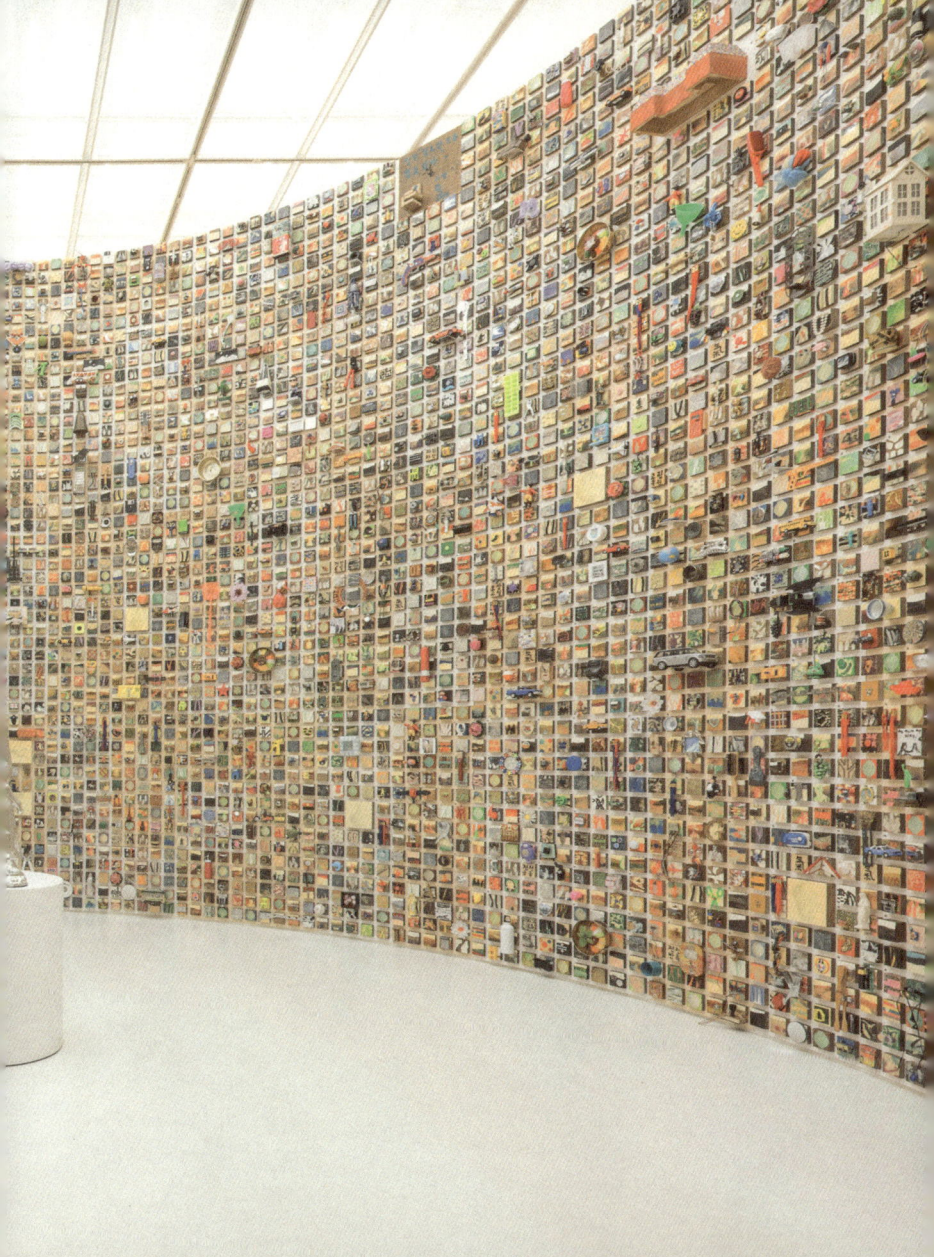

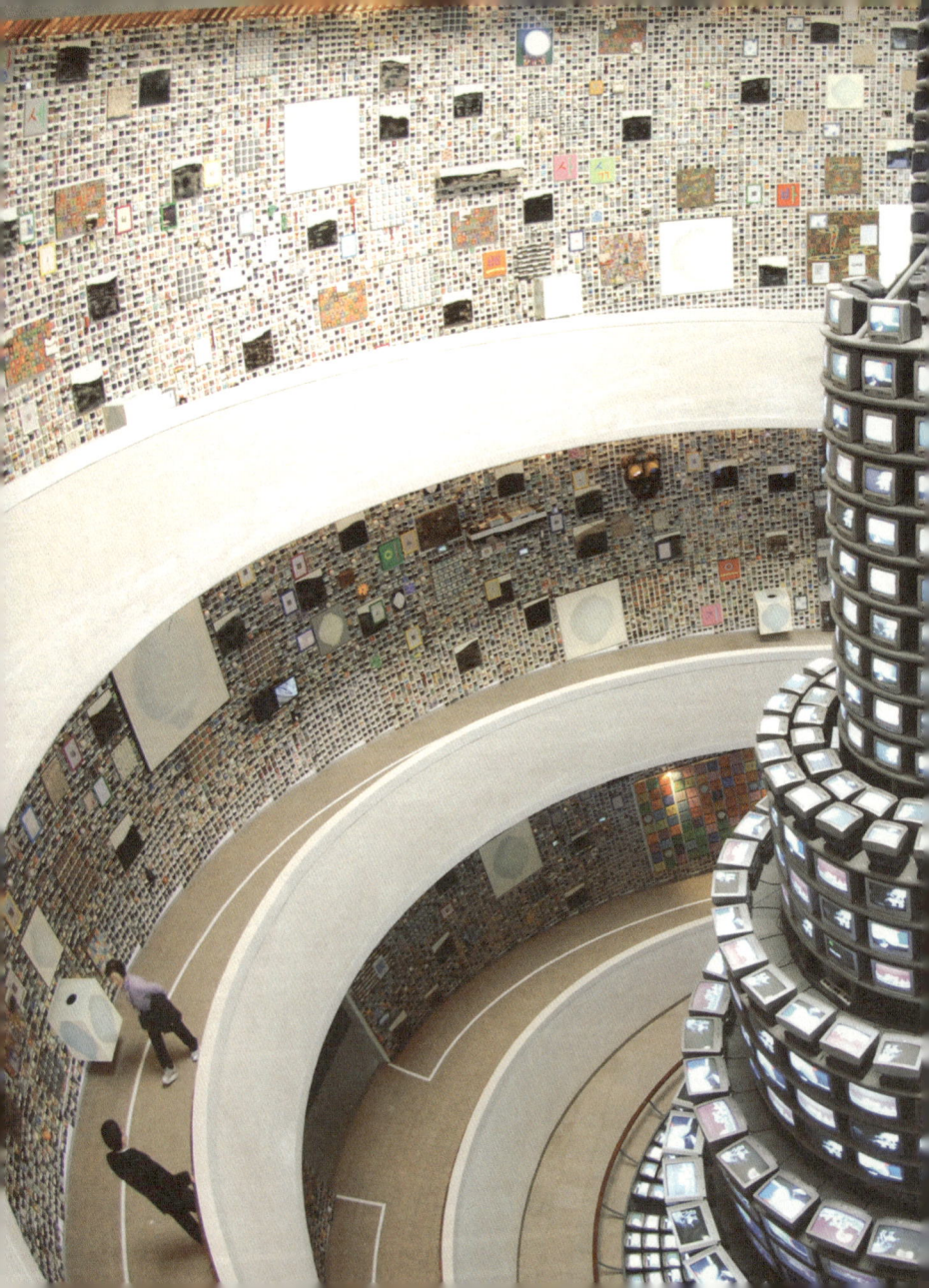

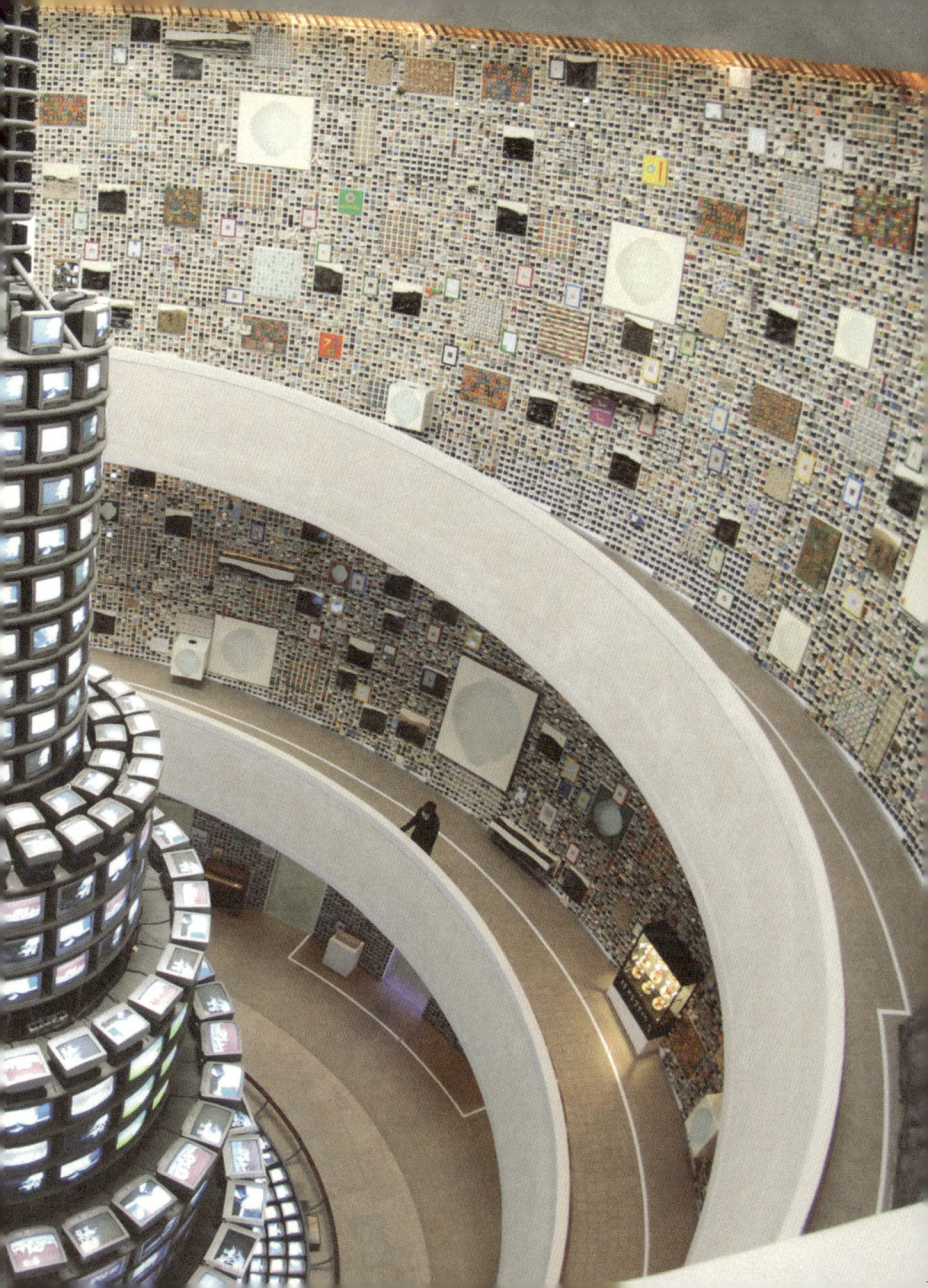

작품 목록

138
3×3in, 1992, Sound Installation, 1,000 Speakers Installed Behind Canvases,
Asian American Arts Centre

146
Moon Jars, 2007, Mixed Media on Wood, 23×23in. each,
Ik-Joong Kang's Chelsea Studio

150
Sunset in Bellingham, WA, 1983, 3×4ft, Rice Paper and Strings by Margarette Lee

154
Happy World, 2010, Mixed Media on Wood, 3×3in. each,
Ik-Joong Kang's Chelsea Studio

160
Floating Dreams, 2016, 7×7×7m, The River Thames, London, UK (사진 우희명)

166
Buddha Eating Rice, 2003, Ik-Joong Kang's Brooklyn Studio,
3,000 Buddha Paintings, 3×3in. each, Mixed Media on Wood
with Motion Censor and Unbalanced Fan (사진 방현선)

168
Shoot for the Moon, 2007, 11×17in., Mixed Media on Paper

170
산, 바람, 2,611개의 작품, 공공미술, 2007~2010, 광화문, 서울

174
Study for Mountain and Wind, 2008, 11×17in., Crayon on Paper

186
One Month Living Performance, 1986, Two Two Gallery, New York, NY

188
1,000 Paintings, 1985, Resnick Showcase Gallery, Brooklyn, NY

192
Multiple Dialogue, 1994, Nam June Paik and Ik-Joong Kang,
Whitney Museum of American Art at Champion, Stamford, CT

198
Happy World, 1998, MTA Flushing Main St. Station, New York, NY

200
강익중, 내가 아는 것, 2017, 아르코미술관, 서울

204
Moon Jar, 2004, 120×120cm, Mixed Media on Wood

216
꿈의 다리, 미래프로젝트를 위한 제안 이미지, 임진강, 한국

224-225
산, 바람, 2,611개의 작품, 공공미술, 2007~2010, 광화문, 서울 (사진 안웅철)

226-227
Floating Dreams, 2016, 7×7×7m, The River Thames, London, UK (사진 이병규)

228-229
현충정원, 2018, 순천만 국가정원, 순천, 한국 (사진 이병규)

230-231
내가 아는 것, 2010, 갤러리 현대, 서울 (사진 안웅철)

234-235
삼라만상, 1984~2014,알루미늄도금 부처와 10,000여개의 작품, 한국
(국립현대미술관 소장)

236-237
멀티플 다이얼로그, 백남준과 강익중, 1,003개의 텔레비전과
강익중의 62,000개 작품, 2009~2010, 국립현대미술관, 한국 (사진 신인섭)

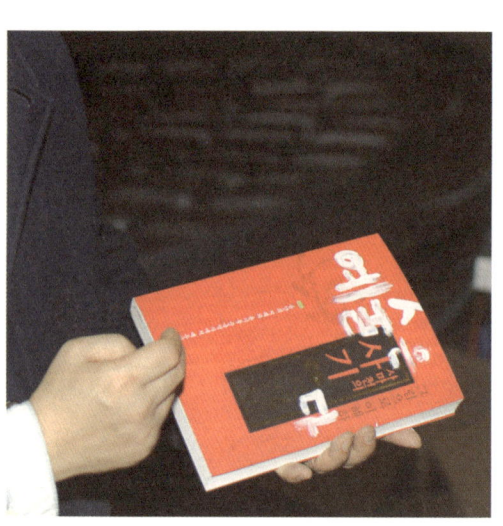